마흔은

쓸데없이

불안하다

마흔은 쓸데없이 불안하다

초판 1쇄 발행　2024년 06월 10일

글쓴이　　　　이은희

펴낸이　　　　김왕기
편집부　　　　원선화, 김한솔
디자인　　　　푸른영토 디자인실

펴낸곳　　**푸른문학**
　　　　주소　　　　경기도 고양시 일산동구 장항동 865 코오롱레이크폴리스1차 A동 908호
　　　　전화　　　　(대표)031-925-2327, 070-7477-0386~9 · 팩스 | 031-925-2328
　　　　등록번호　　제396-2013-000070호
　　　　홈페이지　　www.blueterritory.com
　　　　전자우편　　book@blueterritory.com

ISBN 979-11-987087-3-1　03810
ⓒ이은희, 2024

푸른문학은 푸른영토의 임프린트 입니다.

마흔은 쓸데없이 불안하다

여전히 설레는 마흔의 고백

이은희 글

푸른문학

점수가 아닌 '태도'로

퇴근 후 곡소리가 절로 난다. 집에 도착해 냉장고를 열었다.
야채칸이 휑하다. 애호박 반쪽과 당근 1개만 뒹굴어 다닌다.
며칠 전 받았던 '20주년 파격 할인' 전단지가 생각났다. 옷을
다시 입고, 집을 나섰다. 봄이 왔다고는 하지만 날씨는 매서웠
다. 횡단보도 근처에서 새 아파트 분양 홍보가 한창이었다. 목
을 움츠리며 파란불을 기다리고 있었다.

〈아무나 소유할 수 없는 가치의 정점〉

플래카드 광고 문구가 눈에 들어왔다. 아파트를 올려다보았
다. 고개가 아팠다. 마음은 더 아팠다. 말 그대로 '아무나' 가질

수 없는 규모와 외관이었다. 번쩍번쩍했다. 분양가는 "억!" 소리가 나왔다. 동시에 한숨이 새어 나왔다. 직원분이 다가와 홍보 전단을 건네준다. 한껏 고조된 억양으로 이 아파트가 얼마나 '고급'인지 홍보하는 데 여념이 없었다. 죄송하지만, 타깃(?)을 잘못 찾은 듯하다. 말할 타이밍을 놓쳐 듣고 있어야 했다.

"아시죠? 이 아파트? 교통, 쇼핑, 의료 뭐 하나 빠지는 것 없이 완벽합니다."

초점 없는 눈으로 고개만 끄덕거렸다. 다른 홍보물도 챙겨 준다. 드디어 파란불로 바뀌었다. 건너야 하는데…. 도통 놔줄 기미가 보이지 않는다. 안 되겠다. 신분 고백(?)을 해야겠다. 꽉 막힌 목을 뚫고 기어가는 목소리로 말했다.

"저… 죄송한데요. 저는 그만큼의 …돈이 없어요."

목이 멘다. 더 이상 말하지 않고 사은품 행주를 건네주었다. 분홍색 행주를 받고 도망치듯 도로를 건넜다.

마음 같아서는 받은 행주로 눈물, 콧물 닦고 싶은 심정이다. 마트에 도착했다. '파격' 할인이 아니었다. 가격이 만만치 않다. 돼지 목살을 집었다가 잠시 주춤한다.

'오늘 아이들 급식에서 고기 먹었겠지? 나중에 사자.'

유제품 전시대에 아들 녀석이 좋아하는 치즈가 보였다. 자세히 보니 저번 주보다 가격이 300원 더 올랐다. 다시 제자리에 놓았다.

'당분간 칼슘은 멸치로 보충하지 뭐.'

당장 사지 않아도 될 명분을 기어이 찾아냈다. 그 어려운 것을 해냈다. 결국 2,500원 떡국용 떡 하나를, 7% 할인 적용되는 지역화폐로 구매했다.

'누군가는 언감생심 꿈도 못 꿔 보는 아파트에 살고, 또 누군가는 수십 번 고민하는 식재료를 개의치 않고 살 수 있구나'라는 생각에 살짝 기운이 빠졌다. 그간 성실하게, 알뜰하게 살아왔다고 자부할 수 있다. 두부 한 모를 사도 그램당 가격을 따져 가며 샀고, 운동화가 찢어져도 오히려 편해서 좋다며 몇 개월은 더 신고 다녔다. 그런데도 나의 40대 점수는 초라했다.

떡국을 물에 불리고 있는데 딸이 학원에서 도착했다. 딸 표정이 심상치 않다. 이내 굵은 눈물이 뚝뚝 떨어진다.

"저만 뒤처진 것 같아요."

딸은 혼자 공부하다가 최근 수학 학원에 다니기 시작했다. 모의고사에서 학원 친구들보다 점수가 낮다며 울먹인다. 남들 선행학습하는 동안 그동안에 뭘 했는지 모르겠다며 자기가 한심하다고 한다. 그 어렵다는 자기주도적학습을 꾸준히 해 온

딸아이다. 딸에게 종종 말한다. 존경한다고. 진심이다. 새벽에 일어나, 공부 계획을 세워 누구보다 하루를 성실한 '태도'로 채워 갔다.

"인생은 점수가 아니라 '태도'로 살아가는 거야."

딸아이는 눈물이 범벅이 된 눈으로 나를 봤다.

"기억나? 어렸을 때 구구단 힘들다면서 펑펑 울었잖아. 지금 구구단은 당연하고, 그때 감히 풀지도 못했던 수학 문제도 지금은 척척 풀잖아. 그때로 돌아간다면, 과거의 너에게 무슨 말을 해 주고 싶어?"

한참을 생각하더니 입을 뗀다.

"결국 해낼 거니까 불안해하지 않아도 된다고요. 포기하지 말라고요."

사실은 내가 나에게 말해 주고 싶었던 위로였다. 정작 나에게는 왜 '태도'를 인정해 주지 않았을까? 결과가 흡족하지는 않아도 그간 살아온 '태도'는 지금의 나를 버티게 해 주는 디딤돌이었다.

40대가 되면서 우울함이 불쑥불쑥 찾아왔다. 취업에 고군분투했던 20대, 아이들 키우느라 정신없었던 30대, 정신 차려보니

40이 되었다. 비로소 '내'가 보였다. 만족스럽지 않았다. 남들보다 점수는 형편없어 보였다. 몸은 여기저기 골골 해지기 시작하고, 경제적으로도 언제나 빠듯했다. 게다가 양측 부모님도 편찮으셔서 자식 도리를 제대로 하고 있는지도 자신할 수 없었다. 남들은 다들 저만치 가는데 나만 혼자 뒤처지는 것 같았다.

마흔은 쓸데없이 불안하다. 망할 놈의 '비교'를 했기 때문이다. 초호화 아파트는 아니지만, 비바람을 막아 주는 자가가 있다. 16년이 넘었지만, 입이 아플 정도로 서로의 하루를 이야기하는 짝꿍이 있고, 중학생이 되었지만, 엄마와의 수다가 늘 즐겁다고 하는 아이들이 있다. 거액 연봉은 아니지만, 잘하고 좋아하는 일로 '쓰임'이 있는 직장이 있다. 몸이 예전 같지는 않지만, 일상생활은 가능하다. 연세가 있어 편찮으시기는 하지만, 딸에게 늘 사랑한다고 주문처럼 말해 주는 어머니가 있다. 그렇다. 20~30대 열심히 살아왔던 '태도' 덕분에 지금의 40대가 있었다. 헛살지는 않았다. 더디더라도 분명 점이 모여 선이 되고, 선이 모여 언젠가는 그림 하나는 그리지 않을까?

지금 만으로 43세다. 괜한 비교로 잔뜩 위축된 마흔에게 말해주고 싶었다. 어쩌면 이건 나에게도 하고 싶은 말이다.

"결국 잘해 낼 거니 조급해하지 마. 포기만 하지 마."

마흔의 소소한 희로애락을 담았다. 단 한 줄이라도 공감과 희망을 줄 수 있으면 더 바랄 게 없겠다.

냉장고에 있던 당근, 애호박을 썰어 팍팍 넣고, 달걀 2개 휘휘 풀었다. 마지막에 김 가루 솔솔 뿌렸더니 근사한 떡국이 완성됐다. 마침 남편도 운동 끝나고 돌아왔다. 다 같이 식탁에 둘러앉았다. 국물을 후후 불어 맛을 봤다. 기가 막힌다. 종일 추웠던 속이 풀린다. 더 바랄 게 없다.

차례

 제1장 ▒ 나를 제대로 키워 보자

제2장 〰 실패가 당연해

제3장 〰 아름다운 일은 계속 있을 거라며

제4장 ▧ 마흔, 초보가 되어 보기로 했다

제5장 〰 문득, 마흔을 사랑하고 싶어졌다

제1장. 나를 제대로 키워 보자

시금치 없는 김밥

사는 게 재미없다. 금요일 저녁, 쉬고만 싶다. 피곤이 몰려와 앉아 있기도 힘들다. 침대에 몸을 묻고 멍하니 천장만 응시하고 있다. 마흔 이후 '꺾였다'. 체력도 의욕도. 생기가 없다. 모든 게 시들시들하다. 뭘 해도 동력이 넘쳐났던 이삼십 대하고는 에너지가 확연히 다르다. 영 마음에 들지 않는다. 매일 힘에 부친다. 직장이 힘든 것도 여전하고, 몸은 날이 갈수록 골골거린다. 새롭게 시작하고 싶다가도 '내 나이에 무슨…'이라는 생각에 다시 주저앉는다. 언제부턴가 '기우는' 나이라는 생각을 지울 수 없다. 마흔 이후, 종종 뭔지 모를 우울과 무력감이 찾아온다. 그때마다 침대에서 허우적거리며 시간을 보낸다. 잠이 설핏 들었나 보다. 전화벨 소리에 잠이 깼다. 늦은 시간에 전화 올 일이 없는데…. 엄마였다.

"무릎이 괜찮아졌어! 드디어 갈 수 있을 것 같아!"

한 달 전이었다.

"무등산 서석대, 같이 올라갈 사람?"

칠십 넘은 노모가 갑자기 무슨 바람이 불어 해발 1,100m가 넘은 산에 올라간다고 하는 건지…. 먼 산을 보며 못 들은 척하고 싶었다. 주말이면 그저 쉬고 싶은 생각이 간절하다. 엄마는 며칠 전부터 자식들을 볼 때마다 혹시 시간이 되면 주말에 함께 가자며 한 명 한 명에게 말했다. 이유가 궁금했다.

"한 살이라도 더 젊을 때, 걸을 수 있을 때 뭐라도 하고 싶어."

나는 어떻게 광주에 살면서 무등산 서석대를 한 번도 가 본 적이 없냐고 다그치듯 물었다.

"사는 게 바빠서. 젊었을 때는 너희들 키우느라, 나이 들어서는 무릎이 아파서."

한 번은 가야지 가야지 하면서 결국 이렇게 무릎이 망가지고 난 다음에야 후회가 된다며, 지금 아니면 안 될 것 같다며 말끝을 흐렸다. 최근 무릎 수술을 앞두고 엄마는 어쩌면 한평생 무등산 서석대 한 번 못 올라갈 수 있겠다는 조급함이 들었던 모양이다. 제대로 거동하는 것도 힘든 판국에 젊은 사람들도 힘든 등산을 하겠다고 하니 난감했다. 엄마의 표정은 누구보다 간절했다. 외면할 수 없었다. 무엇보다 지금 아니면 나중에 후회할 것 같았다. 결국 무릎이 가능한 날에 가자고 약속했다.

이후 금요일 저녁마다 엄마의 무릎 상태를 물었다. 통증이 극심해서 아무래도 무리일 것 같다고 했다. 괜히 마음 쓰게 해서 미안하다며 목소리가 가늘게 떨렸다. 괜찮다고 기다리겠다고 했다. 금요일 늦은 밤이었다. 유난히 벨 소리가 쩌렁쩌렁했다. 엄마였다. 목소리 톤이 평소보다 높았다. 그간 엄마는 어떻게든 가고 싶은 마음에 진통제를 계속 바꿔 가며 애를 썼던 모양이다. 마침 운 좋게 맞는 약을 찾아 통증이 많이 줄어들었다고 했다. 늦은 시간인데도 알려 주고 싶어 전화했다며 전화기 너머로 목소리가 통통 튈 정도였다.
"엄마가 오랜만에 김밥 좀 싸 볼까?"
마치 소풍 가는 아이처럼 들떠 있었다. 사서 먹는 게 훨씬 싸다며 괜한 고생 말라며 말렸다.

다음 날 아침, 엄마 집 앞으로 갔다. 차를 보자마자 엄마는 만연에 웃음을 띤 채 잽싸게 걸어오고 있었다. 무릎이 아픈 사람이 맞는지 의아할 정도였다. 멀리서도 보였다. 나에게는 없는 생기가…. 검정 줄무늬 모자에 감색 등산 재킷을 쫙 빼입고 있었다. 언젠가 등산 가면 입을 거라며 몇 달 전부터 아웃렛에서 산 옷인 것을 알고 있다. 엄마는 잔뜩 상기된 낯빛으로 차에 타자마자 가쁜 숨을 몰아쉬었다. 이내 어쩔 줄 몰라 하며 말했다.

"내가 미쳤어. 세상에 김밥을 너무 오랜만에 싸서 시금치 깜박한 거 있지?"

어젯밤 엄마는 전화를 끊고 흥분이 좀처럼 가라앉지 않았다고 한다. 가까운 마트에 가서 급하게 김밥 재료를 샀는데, 다음 날 시금치가 없다는 사실을 뒤늦게 알게 됐다고 했다. 시금치 없는 김밥을 먹게 해서 미안하다며 어쩔 줄을 몰라 했다. 대장금 홍 여사도 이런 실수를 다 하냐면서 한참을 웃었다. 그리고 엄마는 얕은 한숨을 내쉬며 말했다.

"새벽에 김밥 싸는데 울컥했어. 너희들 소풍날 김밥 싸 주던 게 생각나더라."

지나간 세월에 대한 그리움과 나이 듦에 대한 아쉬움이 묻어 있는 듯했다. 4남매를 키우기 위해 장사하며 억척스럽게 살았는데, 이제 좀 뭘 하려고 보니 이미 노쇠한 몸이 원망스럽다고 했다. 혹여 성치 않은 무릎에 무리가 갈 수 있으니 쉬엄쉬엄 가도 된다며, 또 힘들면 언제든지 내려와도 된다며 반복해서 말했다. 엄마는 듣는 둥 마는 둥 저만치 앞장서서 걷고 있었다. 엄마에게는 단순히 등산이 아니었다. 지금 아니면 안 된다는 굳건한 '의지'였다.

오늘 가을 하늘은 유독 높고 푸르고 창창했다. 볕도 적당히 따스웠다. 무등산 산등성이는 가을바람에 억새가 한없이 너울거리고 있었다. 마치 온 우주가 엄마의 도전을 응원해 주는 듯했다. 엄마 손을 잡고 천천히 올라가기 시작했다. 보통 걸음의 0.3배 속도였다. 뒤따라오던 등산객들은 앞질러서 계속 올라가고 있었다. 엄마는 당신 걸음이 느려 도착이나 할 수 있을지 모르겠다며 걱정 섞인 눈으로 정상을 바라봤다. 오늘 안에만 올라가면 된다며 나만 따르라며 히죽대며 말했다.

휙휙 먼저 올라가는 사람들 틈에 동요되지 않았다. 우리 속도로 천천히 갔다. 급할 이유가 없었다. 얼마나 기다려 왔던 날인데…. 안전하게 올라갈 수 있는 것에 감사했다. 경사가 급한 구간이다. 엄마가 발을 디딜 때마다 손을 꽉 잡아 주었다.

엄마와 나는 무언의 결의를 다졌다. 둘 다 입을 악물고 한 계단 한 계단 올라갔다. 둘 다 벌겋게 익은 얼굴에 땀이 줄줄 흘렀다. 숨이 차올랐다. 엄마는 거친 숨을 토해내며 말을 힘겹게 이어 갔다.

"젊었을 때… 하고 싶은 거 있으면… 미루지 말고… 해! 얼마나… 좋은… 나이니?"

눈물이 핑 돌았다. 벙거지를 푹 눌렀다. 나는 '지는' 나이라며 푸념을 늘어놓기 바빴지만, 엄마는 있는 힘을 다해 절뚝절뚝 걷고 있었다. 70 넘은 엄마는 40 넘은 나에게 뭘 해도 창창한 나이라고 몸소 보여 주고 있었다.

'뭘 해도 찬란하고 예쁜 나이….'

땅을 보고 걸었다. 눈물이 뚝뚝 떨어졌다.

서석대에 도착했다. 시원한 바람이 머리칼을 날렸다. 결국 우리는 아니 엄마는 해냈다. 남들은 두 시간 만에 오르는 코스를 다섯 시간 만에 올랐다. 상관없었다. 엄마는 서석대 비석에서 환하게 웃으며 만세를 했다. 지금까지 엄마 카카오톡 프로필 사진이다. 정상에서 시금치 없는 김밥을 함께 먹었다. 꿀맛이었다. 엄마의 얼굴은 햇빛에 반사되어 반짝이고 있었다.

투자 종목을 바꾸기로 했다

요즘 온통 경기 불황 소식으로 암울한 소식뿐이다. 이제는 일희일비하지 않는다. 투자 종목이 언젠가는 빛을 발할 거라고 믿기 때문이다. 2년 전 일이다.

"당근!"
그토록 기다린 맑고 고운 소리! 나도 모르게 환호성을 질렀다. 드디어 팔렸다. 누가 보면 로또 당첨이라도 되는 줄 알겠다. 주말 대청소에서 아이들이 가지고 놀았던 공기놀이 통이 나왔다. 버리기에는 상태가 양호했다. '당근마켓'이 생각났다. 동네에서 직접 만나 중고 거래하는 앱이라고 들었다. 한번 해 보고 싶었다. 사진을 올리고 가격을 정해서 올리는 식이었다. 햇빛이 잘 들어오는 낮에 베란다에 나갔다. 흰 보자기를 깔고, 공기놀이 통을 놓았다. 몇 알은 색깔별로 꺼내서 무심한 듯 펼쳐 보였다. 최대한 예쁜 각도로 여러 컷을 찍었다. 감성 가득한 사진 몇 개 추려 올렸다.

이제 대망의 가격 결정이 남았다. 아이들은 원래 1만 원이었다며 최대한 높게 올리자고 하고, 남편은 절반만 받자고 했다. 심사숙고 끝에 결국 5천 원으로 올렸다. 3일이 지나도 알람은 울리지 않았다. '진짜 마지막 세일! 단돈 2천 원'이라며 제목을 다시 바꿨다. 일주일이 지났다. '당근' 소리는 들을 수가 없었다. 1달이 다 되어 갔다. 한 번씩 '당근' 환청이 들리기도 했다. 저녁 준비를 하고 있었다. 그때였다.

"당근!"

핸드폰으로 곧장 달려갔다. 관심 있다며 사고 싶다고 했다. 그것도 오늘 저녁에! 핸드폰을 품에 안고 폴짝폴짝 뛰었다. 고군분투 끝에 디지털 플랫폼에서 번 인생 첫 수입이었다. 2천 원! 그냥 2천 원이 아니었다. 피, 땀, 눈물이 젖어 있는 돈이었다. 이후 돈을 함부로 쓸 수가 없었다. 커피 한 잔을 마시려다가

'이 돈이면 공기놀이 몇 통을 팔아야 하는데…'라는 생각 때문에 물 한 모금으로 목을 축였다.

오랜만에 친구와 안부 통화를 했다. 요즘 코로나19로 난리인데 괜찮은지 안부를 물었다. 친구는 오히려 코로나 덕분에 주식으로 5백만 원 수익을 냈다고 했다.
'오… 5백만 원? 잠깐! 2천 원짜리 공기놀이 통을 몇 개를 팔아야…?'
수학에는 젬병인 머리를 힘겹게 돌렸다. 무려 2,500통이다. 잠시 멍했다. 몇 푼 벌겠다고 무던히도 애썼던 시간이 파노라마처럼 펼쳐졌다. 주위를 둘러보니 요즘 죄다 '돈' 얘기였다. 어떤 지인은 주식으로 꽤 재미를 보고, 또 다른 지인은 비트코인으로 높은 수익을 올리고 있다고 했다. 소문을 안 냈을 뿐이지, 다들 투자하고 있었다.
'바보처럼 살았구나.'
벼락 거지가 됐다는 상실감에 한동안 시달렸다. 남들 다 부자될 동안 마흔 넘어 나는 뭐 하나 이뤄 놓은 게 없었다. 늦었지만, 뭐라도 해야지 싶었다. 우선 요즘 남들 다 한다는 주식으로 시작했다. 곧 10만 전자 간다고 하는 삼성 주식을 샀다. 늦게 배운 도둑질 날 새는 줄 몰랐다. 밤낮으로 들여다봤다. 그 와중에 암호화폐가 눈에 들어왔다. 수익 본 사람들 이야기만 들렸다. 100만 원으로 눈어거봤던 코인을 급하게 샀다. 10분 만에 65만 원을 벌었다. 고작 몇천 원 벌려고 아등바등했던 날들이 주마등처럼 스쳐 갔다. 흑역사다. 이런 바보, 멍청이, 등신이 따로 없다. 옆에 남편을 봤다. 거실 소파에 구부정하게 앉아 핸드폰 화면을 분주히 누르고 있었다. 광고를 한 번 클릭할 때마다 1원씩 주는 앱이다. 드디어 천 원을 모아서 매운 새우깡 사 먹는다며 환희에 차 있었다. 기가 찼다.

이후, '시드머니가 '0' 하나만 더 있었어도'라는 생각을 떨칠 수 없었다. 결국 무리해서 코인을 샀다. 나를 억대 자산가로 만들어 줄 거라고 믿었다. 오매불망 '불장'을 기다렸다. 몇 달 후, 그 돈은… 보기 좋게 반 토막이 났다. 장기로 묻어 두면 좋다고 했지만, '장기'가 끊어지는 고통이었다. 참담했다. 비트코인도 정신 못 차리고 있는데 곧 10만 전자 간다던 삼성전자 주가도 계속 흘러내리고 있었다. 죄다 파란색이었다. 매운 새우깡하나 사 먹을 돈도 남기지 않았다. 전문 용어로 제대로 물리고 나서야 종목을 공부하기 시작했다. 공부할수록 돈을 잃은 것은 당연한 결과였다. 투자가 아니라 '투기'였다. 남들이 돈을 벌었다고 하니 공부도 하지 않고 덥석 샀다. 성급하니 눈이 멀었다. 결코 쉽게 돈 버는 사람은 없었다. 운이 좋아 단기간에 돈 버는 사람은 있어도, 장기간 돈을 지키는 사람은 그만큼의 노력을 하는 사람들이었다.

단기로 치고 빠지는 투기가 아닌, 장기적인 관점에서 자산의 가치가 상승하는 '투자'를 해 보고 싶었다. 믿을 수 있는 투자 종목을 찾았다. 부동산이나 주식이 아닌 '나'를 키워 보기로 했다. 내가 살아 있는 한, 나라는 종목은 상장 폐지될 위험도 없었다. 세상 물정이나 경제에 관해 까막눈으로 살면서 공부할 생각조차 하지 않았다. 남들 부자 되는 동안 나만 뒤처졌다며 신세 한탄하기 바빴다. 20대는 취업 준비하고, 30대는 직장과 육아를 병행하느라 정신없었다. 40대야말로 나를 키울 수 있는 최적의 시기였다. 지금은 별 볼 일 없는 마흔 살 넘은 아줌마이지만, 내가 나를 알아봐 주고 긴 시간 공을 들여 키워 주고 싶었다.

지금 '나'라는 종목을 키우기 위해 매일 티 나지 않게 바쁘다. 관심조차 없었던 경제 뉴스를 챙겨 보면서 대충 흐름은 파악하려고 한다. 어렵다. 그런데도 관심이 있고 없고의 차이는 분명히 있기에 늘 주의를 두려고 노력한다. 매일 아침, 꼭 책 한 페이지라도 읽고 하루를 시작한다. 읽고 단 한 줄이라도 느낀 점을 독서 노트에 적는다. 아이들 책은 있지만, 대부분 내 책은 도서관에서 빌렸다. 이제는 눈 질끈 감고 아이들 책과 같이 산다. 책을 읽으면, 글이 쓰고 싶고, 글 쓰다 보면, 책을 내고 싶었다. 그때, 우연히 글쓰기 강의가 눈에 들어왔다. 내 기준에 적지 않은 금액이었다. 하지만 감당이 가능한 범위에서는 '배움과 성장'에 비용을 아끼고 싶지 않았다. 마음 바뀌기 전에 결제 버튼을 꾹 눌렀다. 가장 잘한 일이다. 이후, 매주 정해진 시간에 책상에 앉아 수업을 들었다. 일상을 글에 녹여 내는 방법을 매일 연습했고, 형편없던 글은 조금씩 봐줄 만했다. 덕분에 마흔 넘어 책도 출간했다.

주식을 공부하면 복리의 마법에 대해서 배운다. 원금으로 발생한 수익이 재투자 되면서 높은 수익금을 얻을 수 있는 투자를 의미한다. 지금은 투자 수익이 초라하다. 괜찮다. 급하지 않다. 하루하루 나를 키우다 보면 원금보다 수익이 몇 배 앞서는 날이 있을 거로 믿는다. 패가망신(?) 후, 뒤늦은 참회로 허공을 바라보며 소파에 쭈그리고 앉아 있었다. 그때 남편이 무언가를 건넸다. 별다방 쿠폰이었다. 두 달 동안 매일 걸어서 일 원씩 적립하는 앱으로 받았다고 했다. 냉큼 받았다. 며칠 후, 남편과 함께 그 쿠폰으로 아메리카노를 마셨다. 쓰디쓴 커피를 홀짝거리며 남편을 애처롭게 쳐다봤다.

"저기… 사 준 김에 치즈 케이크도 사 줘!"

편의점 와인의 교훈

"지금 나오는 참외가 맛있더라. 사 오고 싶거든 그거 사 와!"

엄마는 4월경 처음 출하되는 참외를 좋아한다. 가격이 만만치 않다. 그래도 그때 나오는 참외가 확실히 맛있단다. 씨가 억세지 않고 당도도 높다며 사 올 수 있으면 그걸로 사 오란다. 나 같은 잡식자는 절대 분간 못 할 차이다. 엄마가 그렇다고 하니 그러려니 한다. 4월이 되면 자식들은 2개에 만 원이 넘는 참외로 조공을 바친다.

엄마의 입맛은 확고하다. 원두커피가 대중화되기 전에도, 블랙커피를 마셨다. 여건이 되지 않으면 차라리 안 드셨지, 커피 믹스로 대충 때우지는 않았다. 빵은 심심한 맛인 베이글이나 치아바타만 드신다. 엄마의 취향을 알고 있던 터라 베이글부터 챙겨 놓고 빵을 고른다. 엄마 생신이 다가오면 자식들은 긴장한다. 아무거나 사면 큰일 난다. 당신 취향이 아니면 절대 쓰지 않기 때문이다.

하루는 큰오빠가 엄마와 함께 핸드폰을 선물한다고 매장에 갔다. 마음에 드는 핸드폰을 고르라고 하자 엄마는 유심히 훑어보더니 딱 하나를 집었다.

"이거 하나 딱 내 마음에 든다."

하필 그 핸드폰은 그 매장에서 가장 고가였다. 더 낮은 가격에 비슷한 디자인도 많다며 보여 드렸지만 소용없었다. 당신 취향이 아닌 것을 사느니 그냥 사지 않는 편이 좋겠다고 했다. 섣불리 말을 내뱉은 죄로 큰오빠는 12개월 할부로 눈물을 머금고 살 수밖에 없었다. 오빠뿐만이 아니다. 우리 4남매 다 그런 슬픈 사연 하나씩은 있다.

선물을 받았을 때 엄마의 태도는 늘 당당하다. 환하게 웃으며 고맙다며 아이처럼 좋아한다. "뭘 비싼데 이런 것을…. 다음에는 돈 쓰지 마라"라며 보통 엄마들이 하는 말을 들어 본 적이 없다. 하루는 비싸도 굳이 그렇게 취향을 따져야 하냐며 엄마에게 투덜댔다. 엄마는 단호하게 말했다.

"네가 너를 좋은 걸로 대접해야지 님도 널 그렇게 대해! 나이 들수록 더더욱…."

그때는 귓등으로 들었다.

"와인 어떤 거 사갈까?"

"가장 싼 거!"

"치즈는?"

"제일 싼 거!"

편의점에 간 남편 전화다. 나는 취향보다 '가격'이다. 어렸을 때부터 그래 왔다. 식당 메뉴판을 보면 재빨리 가격부터 훑었다. 기준이 명확하니 메뉴 선택은 늘 빨랐다. 가정 형편이 그렇게 어려운 것도 아니었다. 그런데도 어린 마음에 밥 한 끼 먹는데 굳이 많은 돈 쓸 필요가 있나 싶었다. 입맛에 살짝 맞지 않아도 내가 그 맛에 '맞추면' 될 일이었다. 같은 부모님 밑에서 자란 언니나 오빠는 그러지 않는다. 타고난 성향이다. 대학교 때, 친구가 식당에서 자기 입맛이 아니라며 몇 번 먹고는 숟가락을 놓았다. 충격 그 자체였다. 이것도 좋고, 저것도 나쁘지 않았다. 나에게는 그런 유별난 '취향'이란 게 없었다.

와인을 좋아한다. 소주는 독하고, 맥주는 몸이 냉한 나에게 맞지 않았다. 술을 즐기지는 않지만, 한 번씩 기분 내고 싶을 때 한 잔으로도 적당한 취기를 느끼기에 와인이 제격이었다. 시각적인 충족감도 있고, 무엇보다 요즘 데일리 와인으로 저렴하게 나온 게 많아 부담스럽지 않아 더 좋았다. 지인에게 와인을 좋아한다고 했다. 본인도 그렇다며 반가워했다. 그런데 섣불리 말하는 게 아니었다. 그분은 약간의 산미와 보디감이 있는 이름도 외우기 힘든, 아무튼 무슨 무슨 와인을 좋아한다며 내 취향을 궁금해했다.

"음… 그냥 다 좋아해요."

와인을 즐기기는 하는데, 구체적으로 어떤 품종을, 어떤 맛을 좋아하는지 단 한 번도 궁금한 적이 없었다. 그저 다 '붉은 술'이었다. 취향에 무심해도 너무 무심했다.

편의점에 간 남편과 통화를 마치고, 가족 파티를 준비하는데 딸이 한껏 신이 나서 말한다.

"엄마! 제가 나중에 돈 벌면 엄마 좋아하시는 와인 많이 사 드릴게요!"

"어머! 진짜?"

"엄마가 가장 좋아하는 7,900원 그 편의점 와인!"

"…."

할 말이 없었다. 누구 잘못도 아니었다. 당연한 결과다. 늘 식당에서도, 카페에서도 제일 싼 것만 고르는 내 모습을 아이들이 봐 왔기 때문이다. 내가 나를 그렇게 대접해 준 탓이었다. 엄마의 말이 생각났다.

"항상 너를 귀하게 대해. 나이 들수록 더더욱."

엄마는 늘 당당히 자신이 무엇을 좋아하는지 가족에게 알리고 그에 걸맞은 '대접'을 받았다. 참 까다롭다며 불평할 만한데도 누구도 의문을 제기하지 않았다. 늘 분명한 '취향'을 밝혀 왔기 때문에 엄마에게는 그런 대접은 당연했다. 지금은 엄마의 태도가 오히려 감사하다.

며칠 전, 지인에게 고가 와인을 선물받았다. 금색 천에 둘러싸여 있었다. 조심스레 뚜껑을 따서 와인 잔에 따랐다. 어디서 본 건 있어서 향을 맡았다. 상큼한 과일 향이 기분 좋게 퍼졌다. 가볍게 잔을 돌려주었다. 그리고 한 모금 작게 입안에 담아 삼켰다. 과하게 단맛이 도드라지지 않으면서 적당한 보디감이 느껴졌다. 약간 드라이한 맛이 내 입맛에 제격이었다. 잘은 몰라도 편의점 와인보다 이 와인이 나와 더 맞았다. 하마터면 모르고 살 뻔했다.

마흔, 나의 '취향'이 궁금했다.
'찾아내려고 노력하지 않았을 뿐 나도 나만의 취향이 있지 않을까?'
작은 거 하나라도 내가 어떤 거에 더 입꼬리가 올라가는지 진중하게 살펴보고 싶어졌다. 확고한 취향이 있는 사람은 그간 내가 나에게 그만큼 관심을 가지고 귀하게 대접했다는 방증일 것이다. 늦었지만, 내가 좋아하고 재미를 느끼는 일에 까탈을 부려 볼 생각이다. 나중에 자식들이 생일 선물이라고 7,900원 편의점 와인을 박스에 가득 담아 올 것을 생각하니 정신이 번쩍 든다.
편의점 와인이 마흔에 전해 준 교훈이다.

엄마로서 다시 크는 중이다

"너는 어쩜 너밖에 모르니?"

참고 참았던 울분을 터뜨렸다. 왈칵 눈물이 났다. 딸도 이에 질세라 닭똥 같은 눈물을 뚝뚝 흘렸다.

"왜요?"

"그런데요?"

여드름이 나기 시작하면서부터다. 말이 차가워졌다. 단답형이 대부분이다. 예전에는 말에 꽃 내음이 났다. 아름다운 동화한 편처럼 가슴이 따뜻해졌다. 지금은 무표정일 때가 많다. 예전에는 천 가지, 만 가지 표정이 있었다. 작은 일에도 까르르 웃었다. 지금은 가족보다 친구를 더 좋아하는 것 같다. 친구와 약속이 잡히면 벌떡 일어나 준비하고 나가기 바쁘다. 근래 본 표정 중에 가장 환하다. 가족 여행 가자고 하면, 마치 '제가 시간 빼서 가 줄게요'라는 표정이다. 치사하고 아니꼽다. 한때는 엄마 껌딱지였다. 틈만 나면 품에 파고드는 아이였다. 지금은 매일 감정이 널뛰기다. 갑자기 왜 우는지, 왜 웃는지 그리고 왜 기분이 풀렸는지 당최 종을 잡을 수 없다. 어렸을 때는 우는 이유가 명백했다. 배고프면 밥을 주면 됐고, 사탕을 떨어뜨렸으면 씻어 주면 됐다. 그렇다. 딸은 지금 '사춘기'다.

유독 구름이 잔뜩 끼고 바람이 독하게 부는 날이었다. 제주도 가족 여행 중이다. 딸 기분이 아침부터 저기압이다. 굳이 묻지 않았다. 수많은 시행착오 끝에 터득한 방법이다. 스스로 기분을 추스를 수 있는 시간을 주면 된다. 기다려 주면 언제 그랬냐는 듯 또 괜찮아진다. 그날 올레길을 걸었다. 딸은 사진 찍자고 해도 입을 삐죽거리며 혼자 멀찌감치 떨어져 있었다. 참았다. 약간 거리를 둔 채 걸었다. 너무 가깝지도, 그렇다고 너무 멀지도 않은 거리…. 사춘기 딸과 이상적인 거리다.
점심시간이 됐다. 출출했다. 아침부터 찬바람을 계속 맞았던 터라 얼큰한 짬뽕 국물이 간절했다. 근처에 중국집이 있어 남편과 나 그리고 아들은 짬뽕을, 딸은 짬뽕 국밥을 시켰다. 기다리던 짬뽕과 짬뽕 국밥이 나왔다. 딸은 자기만 건너기가 적다며 또 입을 씰룩댔다. 잠깐 고민했다. 나도 배고팠다. 혹자는 자식이 먹는 것만 봐도 배부르다고 하지만, 나는 내가 먹어야 배부르다. 고민 끝에 남편과 나는 건더기를 듬뿍 건져 주었다. 쫄깃쫄깃한 목이버섯, 오동통한 오징어, 각종 채소 그리고 제일 좋아하는 흰다리새우살까지…. 손이 떨렸다. 해물짬뽕이란 말이 무색하게 해물은 온데간데없고 뻘건 국물만 남아 있었다. 많으면 아빠 좀 드리라고 했다.

"저 혼자 다 먹을 수 있는데요."

"…."

참았다. 식사 시간에 큰소리 내고 싶지 않았다. 씹을 건더기도 없는 뻘건 국물만 들이켰다. 얼굴도 뻘겋게 달아올랐다. 국물에 면만 먹었다. 국물을 먹고 싶었지, 국물'만' 먹고 싶지 않았다. 배가 차지 않아 노란 단무지만 두 그릇째 씹고 있었다. 그때다. 딸은 젓가락으로 깨작거리다가 배부르다며 그만 먹겠다고 한다. 보지 말았어야 했다. 분명 다 먹을 수 있다고 한 짬뽕을 절반도 못 먹고 남겨 놨다. 귀신같이 해물만 골라 먹고, 밥과 채소만 절반 이상이 남아 있었다. 더는 꺼낼 쓸 참을 '인'이 없었다. 너 오늘 딱 걸렸다. 배고픈 서러움까지 쏟아져 나왔다.

"너는 어쩜 너밖에 모르니?"

소리를 빽 내질렀다. 오늘 눈에 거슬렸던 일들을 죄다 쏟아냈다. 가족 여행인데 기분 좋지 않은 티 팍팍 내서 가족 모두 눈치를 봐야 했던 상황 그리고 짬뽕 건더기까지 양보했는데 얌체같이 해물만 골라 먹는 이기적인 행동까지…. 숨도 안 쉬고 퍼부었다. 자식이라고 다 퍼 줬더니 고마운 줄도 모르고…. 생각할수록 분이 치밀어 올랐다. 딸은 쥐 죽은 듯 듣고만 있었다. 이내 서러움이 북받쳤는지 울먹였다. 그리고 코를 훌쩍이며 말하기 시작했다. 아침에 공부가 다 끝나지 않았다고 말했는데도, 일방적으로 나가자고 재촉해서 기분이 좋지 않았고, 그래서 혼자 걸으면서 기분 풀려고 노력하는 중이었다고 했다. 짬뽕 국밥은 실제로 건더기가 적었고, 배고파서 다 먹을 수 있을 것 같았는데 먹다 보니 배가 불렀다고 했다. 죄송한 마음에 눈치만 보고 있었다며 뒤늦게 사과했다.

그날 공부가 끝나지 않은 것을 알았지만, 빨리 나가고 싶어 무시하고 서둘러 나가자고 했다. 딸만 짬뽕 국밥이었는데 실제로 건더기가 적었다. 푸념할 만했다. 그리고 어른도 처음에는 먹을 수 있을 것 같다가도 먹다 보면 배가 차서 못 먹는 경우가 허다하지 않은가. 배고픔에 눈이 멀어 이성을 잃고 소리부터 질렀다. 들어 보려고 하지 않았다. 나도 잘한 거 없다.

"어휴…. 좋은 엄마 되는 게 힘들다. 한 번씩 욱할 때가 있어. 이해 좀 해 주라."

사춘기 딸과 어떻게 하면 잘 지낼 수 있는지 도통 모르겠다며 고민을 털어놨다. 가만히 듣던 딸은 눈물을 훔치며 조심스럽게 말했다.

"같이… 노력해요."

사춘기! 나에게도 딸에게도 도전적인 과제였다. 불편한 사춘기를 반갑게 맞이하기로 했다. 딸은 아닌 것은 아니라고 하고, 기분이 나쁘면 화를 내기도 했다. 정체성을 찾아가는 지극히 정상적인 발달 과정이다. 문제는 예전과 달라진 딸의 모습을 느긋하게 바라보지 못하는 '나'였다. 내 기준이 아니면 다그치기 바빴다. 엄마의 '무지'였다. 여드름 난 아이가 친구보다 엄마가 더 좋고, 먹고 있는 사탕이 떨어졌다고 운다면 그게 더 이상하다. 딸이 아기였을 때는 늘 육아서를 끼고 살았다. 틈만

나면 책을 읽고 강연을 들으면서 배웠다. 엄마로서 잘 크고 있는지 늘 점검했다. 나의 육아가 틀릴 수 있다고 생각하고 언제든지 배울 준비가 되어 있었다. 딸이 머리가 커지면서 나도 다 '컸다고' 생각했다. 배움을 멈췄다. 초심을 잃었다. 시간이 지나면서 생각의 틀은 확고해졌다. 이제라도 엄마로서 다시 배워 보기로 했다. 모르거든 다시 배우면 된다. 딸도 서툴지만, 자신의 감정을 건강하게 표현해 보겠다며 같이 노력해 보기로 했다.

요즘 사춘기 자녀 교육에 관한 책을 꾸준히 읽고 나를 돌아본다. 결국은 이해와 공감이 핵심이었다. 그저 고개를 끄덕이며 들어 주는 것만으로도 딸은 자신의 마음을 털어놨다. 경청만으로 쓸모 있는 엄마가 될 수 있었다. 나 역시 고민 있는 날은 딸에게 털어놓는다. '역상담'이다. 하루는 직장에서 인간관계가 힘든 일이 있었다.

"너무 마음 쓰지 마세요. 사실 지나고 보면 그렇게 중요한 사람이 아니었을 수도 있어요."

한때 친구 때문에 힘들었는데, 지금 생각해 보면 그렇게 중요한 친구가 아니었다며 기대 이상의 조언을 건넸다.

마흔이 넘어도 배울 게 많다. 오만을 내려놓은 덕분에 다시 엄마로서 '크는' 중이다. 죽기 전까지 자식과 소통하기 위해 배우고 싶다. 함께 손을 잡고 올레길을 걸었다. 슬그머니 딸 손에 손깍지를 끼었다. 고사리 같던 자그마한 손가락이 이제는 꽉 찬다.

'우리 딸 많이 컸구나.'

손에 힘을 줬다. 딸도 내 손을 꽉 잡았다. 매섭게 몰아치던 바람이 어느새 고요해졌다.

그래서 굶기 시작했다

'몇 시간 남았지? 젠장! 아직도….'

누구보다도 먹는 것을 좋아했다. 아니 사랑했다. 인생에서 식도락이 팔 할이었다. 아무리 사랑하는 사람이어도 내 음식에 손대는 것은 감히 있을 수 없는 일이었다. 칼부림이 날 수도 있는 엄중한 상황이었다. 대학 시절 전 남자친구가 장난으로 내 돈가스를 몇 점 먹었던 걸로 헤어질 뻔했던 기억도 있다. 남편은 딱 본인 양만큼만 먹는다. 절대 내 음식을 탐하지 않는다. 남편과 지금까지 별 탈 없이 잘 지내고 있는 이유 중 하나다.

학창 시절, 소식하는 친구가 있으면 금세 마음을 열고 친해졌다. 그 잔반은 다 내 차지였다. 친구와 싸워 토라져도 초코파이 하나 사 주면 바로 풀렸다. 삼겹살을 믹을 때는 상대방에게 그다지 궁금하지도 않은 질문을 했다. 시간을 벌기 위함이었다. 대답을 듣는 동안 다 익지도 않은 고기를 입에 넣기에 바빴다. 아침을 먹으면서 점심을 생각했고, 점심을 먹으면서 저녁을 기대했다. 자면서 '내일은 무얼 먹지?'라는 생각에 배시시 웃으며 잠이 들었다. 오래오래 살고 싶은 이유는 미처 맛보지 못한 세상 모든 음식을 음미해 보기 위해서다.

그런 내가 3일 단식을 도전했다. 40이 넘어가면서 몸이 여기저기 아프기 시작했다. 직장 스트레스가 컸다. 통제할 수 없는 상황에 마음 졸이며 잠 못 이루는 날이 많아졌다. 꼬박 밤을 새우고 다음 날을 맞이했다. 다음 날 몸은 땅속으로 꺼지는 듯했다. 그렇게 하루를 버티고 또 잠을 설쳤다. 몸은 적신호를 보내기 시작했다. 시름시름 아픈 날이 많아졌고 병치레가 끊이지 않았다.

이후, 몸을 공부하기 시작했다. 그러던 중 '단식'이 면역에 좋다는 것을 알게 됐다. 의견이 분분하지만, 내가 공부한 바로는 단식은 몸에 이로운 효과가 많다. 백혈구가 세균, 바이러스,

암세포 등을 잡아먹고, 적혈구 수가 증가해서 독들이 빠져나가 피가 맑아진다는 이론이었다. 한번 시도해 보고 싶었다.

'내가 굶는다고? 한 끼도 안 먹으면 큰일 날 것처럼 살았는데…'

두려웠다. 배고픔을 참는 것이. 그보다 더 두려운 건 이렇게 아픈 몸을 데리고 평생 사는 거였다. 뭐라도 하고 싶었다. 우선 3일 단식을 지푸라기라도 잡는 심정으로 시작했다.

첫날은 뭐 그럭저럭 참을 만했다. 문제는 둘째 날이었다. 온몸이 두들겨 맞은 것처럼 아팠다. 심장이 두근거리고, 머리는 깨질 것 같다. 어지러워 걷기가 힘들었다. 손발은 얼음장처럼 차가웠다. 롱 패딩을 입고 담요를 덮어도 오들오들 떨었다. 조금만 움직여도 몸이 바스러질 것 같았다. 독소가 빠져나가는 명현 현상이라고 했다. 침대에 누워 천장만 바라봤다. 움직일 기력이 없었다. 고통을 잊기 위해 예능 프로그램을 봤다. 연예인이 바삭바삭한 치킨 다리를 한입 뜯으며 황홀한 표정을 짓고, 라면 국물을 그릇째 들고 후루룩거렸다. 호환 마마가 따로 없었다. 책을 펼쳤다. 염병할. 하필 식사 장면이다. 눈에 보이듯 얼마나 구체적으로 보여 주는지 아주 몹쓸 책이었다. 책을 덮었다. 기분 전환 겸 산책을 나왔다. 길을 걷는데 단번에 눈길이 가는 곳이 있었다. 김이 모락모락 나는 어묵과 빨간 고추장에 버무려져 있는 탱글탱글한 떡볶이가 보였다. 한 집 걸러서 식당이나 카페가 있었다. 죄다 먹을 것 천지였다. 생 고문이 따로 없었다. 결국 다시 집에 기어들어 갔다. 이후 모든 속세를 차단했다. 결국 시체처럼 누워 눈만 껌벅껌벅하며 버텨냈다. 셋째 날, 몸이 달라졌다. 늘 안개가 낀 것처럼 뿌옇던 정신은 맑아졌다. 파김치처럼 축 늘어졌던 몸은 솜털처럼 가벼워졌다. 이런 컨디션을 느껴 본 게 얼마 만인가. 믿어지지 않았다. 비운만큼 얻었다. 신묘한 경험이었다.

이후, 공복이 주는 쾌감을 느끼고 싶을 때 남편과 함께 주말에 24시간 굶는다. 쉽지 않다. 그래도 서로 격려해 주니 실패할 확률이 낮다. 몸을 비우는 시간을 갖고 나면 확실히 몸이 피곤한 게 덜했다.

마흔쯤, 늘 몸이 아플까 노심초사다. 뭘 하려고 해도 체력이 뒷받침해 주지 않았다. 몸이 아프니 일상에 균열이 생겼다. 오래전부터 배우고 싶어 등록했던 '블로그 글쓰기' 강의가 있었다. 퇴근 후 여력이 없었다. 정확히 말하면 '체력'에 자신이 없었다. 내가 내 '몸'을 믿지 못한 것이다. 결국 취소했다. 몇 주

전부터 가기로 했던 가족 여행을 가는 날, 갑자기 핑 돌았다. 어지럼증이 재발했다. 결국 예약했던 펜션을 취소했다. 가족 모두 서운한 티를 내지 않으려고 조심하는 듯했다. 여행 계획으로 들썩였던 집안 분위기는 한순간에 가라앉았다.

'어쩌다 이 지경이 됐을까?'

몸을 어지간히 혹사하며 살았다. 늦게 자고, 아무거나 먹고, 걱정해도 답 없는 일에 끙끙댔다. 스스로 병을 키웠다. 감당할 수 있는 용량을 훌쩍 넘겼을 때도 모른 척했다. 버티다 버티다 더는 못 견디겠다고 신호를 보내는 몸에게 정작 화를 내고 있었다. 건강을 잃고 깨달았다.

'건강해야지 일상을 온전히 누릴 수 있는 거였구나.'

건강한 일상에는 건강한 '신체'가 있었다. 나를 위해 기꺼이 살아 준 몸에게 한없이 미안했다. 사죄했다. 그리고 약속했다. 늘 감사한 마음으로 살뜰히 아끼며 살겠다고. 마흔쯤, 몸이 보낸 경고는 어쩌면 고마운 '주의보'였다.

예전에는 세계 일주, Ted 강연, 보디 프로필 등 바라는 일이 거창했다. 지금은 아니다. 건강한 일상에서 꿈도, 삶의 가치도 찾아볼 수 있었다. 마흔 넘어 굶는 재미를 알게 됐다. 먹고 싶

은 거 다 먹는 재미보다 더 크다. 건강을 잃은 덕분이다. 혹자
는 말한다.

"살면 얼마나 산다고? 그냥 먹고 싶은 거 먹다 가면 되지."

꼭 말해 주고 싶다. 사는 동안만큼은 건강하게 살고 싶은 거라
고. 병상에서 가족들에게 짐이 된 채 노후를 보내고 싶지 않
다. 읽고 쓰는 삶도 건강해야 가능하다. 꿈보다 '건강'이다.

그래서 굶기 시작했다.

나도 꼰대일까?

귀에서 피가 날 것 같다. 오늘 모임이 있었다. 유독 자기 과시와 허세가 심한 사람이 있다. 전형적인 '꼰대'다. 그 사람이 싫다고 그 모임을 끊기에는 좋은 사람들이 훨씬 많다. 그들과 인연을 이어 가고 싶어 주기적으로 나간다. 오늘은 재수 옴 붙는 날이다. 하필 그 꼰대가 옆에 앉았다. 옮기고 싶었지만 이미 늦은 듯했다. 그는 사회적으로 높은 지위에 있는 사람이다. 자기 말만 하고 경청이란 없다. 젊은 사람에게 반말은 기본이고, 전혀 재밌지 않은 농담을 맥락 없이 던진다. 영혼 없이 웃는 것도 지친다. 그날도 별반 다르지 않았다. 누군가 부동산 정책을 얘기했다. 기회는 이때다 싶었나 보다. 현 부동산 정책에 대한 단점과 그 정책을 만든 정치인들의 비판, 그리고 파생되는 결과까지 일장 연설을 했다.

삼겹살이 노릇노릇해졌는데도 다들 먹는 타이밍을 놓친 듯했다. 그와 다른 의견을 조금이라도 내비치면 목에 핏대를 세우고 '본인 말이 맞는다'라는 식으로 또 자기 말을 하기 시작했다. 말 그대로 '답정너'다. '답은 정해져 있고 너는 대답만 하면 돼'이다. 그때는 그냥 무시하고 흘려듣는 게 상책이다. 그간 수많은 시행착오로 터득한 방법이다. 주변 사람 얼굴을 봤다. '어쩌다 가깝게 앉았을까'라는 뒤늦은 후회로 모두 죽을상을 하고 앉아 있었다. 삼겹살은 까맣게 타고 있었다. 내 속도 새까맣게 탔다. 그가 말하다가 목이 타서 물 한 모금을 마실 때, 그 틈에 후다닥 먹은 고기 몇 점이 전부였다. 굳이 알고 싶지 않은 현 부동산 정책만 세 시간을 듣고 그 모임은 파했다. 그간 안부가 궁금했던 사람들하고 몇 마디 나누지도 못하고 집에 돌아왔다. 모든 기가 탈탈 털렸다.

'그분은 어쩌다 꼰대란 불치병에 걸렸을까?'
기본적으로 타고난 성향이 가장 클 것이다. 그리고 나이가 들고 지위가 높아지면서 남들보다 더 우월하다는 생각이 더 굳어진 것 같다. 안타깝게도 본인이 꼰대라는 사실을 다른 사람다 아는데 본인만 모르는 듯하다. 나 역시 머지않아 내 의사와 상관없이 곧 꼰대로 분류되는 나이가 될 것이다. 젊은 세대와 소통하고 공감하려고 노력하지만, 지금 누군가에게 답이 없는 꼰대로 불리고 있을지 모를 일이다. 나이 들수록 전두엽 일부분이 위축된다고 한다. 전두엽이 얇아지면 내가 옳다는 고집이 자리 잡기 쉬워지고, 내가 정답인 것처럼 행동하는 경우가 많아진다고 한다.

혼자 제주도 배낭여행 중이다. 숙소는 보통 게스트하우스에서 머문다. 사실 여러 사람과 화장실을 함께 쓰고, 방에서 같이 자는 것이 불편하지 않다고 하면 거짓말이다. 나이 들수록 쉬운 일이 아니다. 그런데도 게스트하우스로 가는 이유는 '사람'이다. 다양한 연령층과 직업군의 사람을 만나 이야기를 할 수 있기 때문이다. 돈으로도 살 수 없는 귀한 경험을 할 때가 많다. 언제부터인가 나보다 나이가 많은 사람을 찾기가 힘들었다. 대부분 나보다 어린 연령층이었다. 그들은 한참 진로를 고민하는 대학생이나 취준생이었다.

한번은, 입사한 지 얼마 되지 않았는데 자기 성향과 맞지 않는 것 같다고 고민하는 청년이 있었다. 이야기를 듣다 보니 내가 겪었던 일들이 생각나 절로 공감이 됐다. 딱! 거기까시였어야 했다. 거기까지가 좋았다. 내 일처럼 도와주고 싶은 마음이 앞섰다. 결국 그가 요청하지도 않은 '선 넘는 조언'을 눈치 없이 하고 있었다. 뭘 자꾸 알려 주고 깨우쳐 주려고 말이 길어지고 있었다. 그는 무표정으로 고개만 연신 끄덕이고 있었다. 순간 아차 싶었다. 그의 표정에서 삼겹살집에서 힘겹게 듣고 있던 내가 보였다.

누가 봐도 나는 '꼰대'였다. 그토록 반면교사로 삼았던 어른의 모습이었다. 누구 욕할 것 없었다. 조언이 고마운 사람도 있었겠지만, 분명 그렇지 않은 사람도 있었을 것이다. 한 예능 프로그램에서 가수 이문세가 십 년 넘게 진행해 오던 MBC 라디오 '별이 빛나는 밤에' DJ를 하차한 이유를 밝혔던 게 떠올랐다. 20대나 30대 때는 함께 놀아 주는 태도였지만, 언제부턴가 선생님처럼 교훈적인 이야기를 하게 되는 모습에 이제는 떠나야겠다는 생각이 들었다고 한다.

학년 초, 교무실 간식 총무를 정해야 했다. 총무는 봉사직이다. 회비로 동료들이 좋아할 만한 간식을 사서 갖춰 놓는 것까지. 늘 그렇듯(?) 가장 어린 20대 동료가 할 분위기였다. 그때 번쩍 손을 들며 하고 싶다고 말하는 사람이 있었다. 30대 남자 동료였다. 다들 예상치 못한 상황에 살짝 당황스러워하는 분위기였다. 안 그래도 총무를 오래전부터 하고 싶었다며 본인이 먹고 싶은 거 실컷 주문할 거라며 사람 좋게 웃었다. 나중에 기회가 있을 때 왜 자처했는지 물었다.

"음⋯. 좋은 어른이 되고 싶었거든요."

멋진 '어른'이 꿈이라고 했다. 자신보다 어린 사람에게 도움을 줄 기회가 생기면 흔쾌히 도와주는⋯. '당연히 어린 사람이 하겠거니' 하고 가만히 앉아 있었던 나보다 그가 훨씬 멋진 어른이었다.

성장 과정에서 만나왔던 '어른'들을 떠올려 봤다. 그동안 닮고 싶지 않은 어른들도 간혹 만났지만, '나도 저렇게 나이 들어가고 싶다'라고 생각될 만큼 좋은 어른들을 훨씬 많이 만났다. 감사한 일이다. 내 인복이다. 중학교 2학년 때, 학원비가 부담돼서 학원을 그만 다니겠다고 했을 때, 무료로 수업을 들을 수 있게 몰래 배려해 주었던 영어 선생님⋯. 대학교 시절, 분식집 파트타임을 했을 때, 본인은 주방에 서서 김치에 대충 끼니를 때우고, 나에게는 매일 새로운 분식 메뉴로 점심을 차려 주었던 주방 이모⋯. 어리바리 실수투성이였던 신규 시절, 공문서 작성부터 학생 생활 지도까지 묵묵히 뒤에서 도와주셨던 부장님까지 수많은 좋은 어른들 덕분에 지금까지 무럭무럭 커 왔다고 해도 과언이 아니다.

신기하게도 그들에게는 공통점이 있었다. 경험을 말하지 않았다. 대신 '경청'을 해 주었다. '라떼'를 들먹이며 경험을 과시하지 않고, 자신이 꼭 정답이 아닐 수 있다는 자세로 귀를 열어 두었다. 무엇보다 따뜻했다. 티 나지 않게 늘 크고 작은 도움을 주었다. 그런 어른들을 만나면 나이 드는 게 두렵지 않았다. 오히려 기대됐다. 그동안 염치없이 받았던 온기를 전해 줄 나이가 됐다. 누군가의 이야기를 온 체중을 실어 경청해 주고, 작은 도움이라도 줄 수 있으면 더 바랄 게 없다.

아끼면 똥 된다

"벌써요? 나중에 찍어요."

"좋은 걸 왜 아껴? 지금 하자!"

먹구름이 끼더니 비를 흩뿌린다. 그러더니 바람이 매섭게 분다. 잠시 후 비와 바람은 온데간데없고 볕이 내리쬔다. 도통 감을 잡을 수 없는 변화무쌍한 날씨다. 오늘도 방구석에서 고민만 한다.

'에라. 모르겠다. 날씨가 도와주든 안 도와주든 우선 가 보자.'

날씨가 좋아질 때까지 기다리다가 저번처럼 또 못 갈 수 있다. 지금 아니면 다음을 기약할 수 없을 것 같아 서둘러 나섰다.

제주도 가족 여행이 이제 끝을 향해 가고 있다. 매번 날씨가 도와주지 않아 포기해야 했던 성산 일출봉을 오늘은 올라가 보기로 했다. 다행히 1월인데도 봄날처럼 포근했다. 걷기에 이만한 날씨가 없었다. 역시 강행하길 잘했다. 하고 싶은 게 있으면, 그때 하는 게 나중에 후회가 없다. 매표소에서 표를 사고 천천히 완만한 들판을 걸어 올라갔다.

10분쯤 올라갔을까? 기분 좋게 숨이 찼다. 왔던 길을 엉겁결에 돌아봤다. 코발트빛 바다는 햇빛을 받아 잔물결이 은빛으로 반짝거리고 있었다. 눈이 시큰거렸다. 푸른 바다와 푸른 하늘이 맞닿아 마치 눈앞에 닿을 것 같았다. 수평선 위로는 구름이 여기저기 흩어져 있었다.

계단 중간에 멈춰 가쁜 숨을 몰아쉬며 쉼 없이 감탄했다. 심장이 쿵쿵 뛰었다. 가슴을 진정시키고 몇 계단을 더 올라갔다. 다시 뒤가 궁금했다. 슬쩍 돌아보았다. 가슴이 뻥 뚫릴 정도로 광활한 바다, 오목조목 솟은 오름, 그리고 옹기종기 모여 있는 형형색색의 집들까지…. 넋을 잃고 한참을 바라보았다. 이후, 자꾸 뒤를 힐끔힐끔 돌아볼 수밖에 없었다. 그냥 지나치기에는 아까워도 너무 아까웠다. 잠깐! 나만 보기 아까운데…. 정신없이 올라가고 있는 아이들을 급하게 불렀다.

"잠깐 멈춰 봐! 여기 너무 예쁘다. 우리 사진 찍자!"

"벌써요? 나중에 찍어요. 정상에서."

"좋은 걸 왜 아껴? 이게 뭐라고!"

결국 내 성화에 못 이겨 걸핏하면 쉬어 갔다. 그리고 수시로 감탄했다. 친인척 포함 구독자 20명인 유튜버 아들은 풍경을 담아 업로드하고, 딸은 바다를 배경으로 춤을 춰서 릴스를 완성했다. 남편과 나는 인생 커플 사진을 찍겠다며 간질거리는 포즈로 사진을 남겼다. 남들 30분 만에 올라가는 정상을 두 시간 만에 도착했다. 남들보다 감탄을 4배를 한 셈이었다. 물론 사람마다 다르겠지만, 정상의 풍경은 의외로 밋밋했다. 올라오며 틈틈이 내려다보았던 풍경이 훨씬 근사했다. 정상이 기대만큼은 아니어도 전혀 아쉽지 않았다. 아끼지 않고 그때그때 만끽한 덕분이었다.

몇 년 전, 아빠가 항암 투병할 때다. 아빠와 함께 진료차 병원에 갔다. 대기만 한 시간이 훌쩍 넘었다. 앉을 자리도 마땅치 않았다. 나는 아빠에게 잠깐 걷자며 나가자고 했다. 쌀쌀한 날씨에 목은 움츠러들었지만, 병원보다는 훨씬 나았다. 우연히 한 문구점에 들어갔다. 연말 할인 행사가 한창이었다. 전시대에 다이어리가 빼곡히 전시되어 있었다. 남색 표지에 선이 하나 그려져 있는 다이어리 하나를 집었다. 가장 무난했다. 아빠가 거절하지 않을만한 최선의 디자인이었다. 아빠가 전화받는 틈을 타서 몰래 샀다. 전화가 끝나자마자 아빠에게 쓱 건넸다.

"꿈 노트에요. 쓰면 이루어지는⋯."

쓰고 간절히 바라면 이루어질 거라며 선물한 일명 '꿈 노트'였다. 아빠에게 무미건조한 투병 생활에서도 꿈을 꿀 수 있는 시간을 선물하고 싶었다. 아빠는 딸의 뜬금없는 선물에 뭐 하러 쓸데없는 돈을 쓰냐며 멋쩍어했다. 아빠의 장례식이 끝나고 서랍에서 익숙한 다이어리 하나를 발견했다. '꿈 노트'였다. 무뚝뚝한 아빠 성격에 쓸 거라고 사실 기대하지는 않았다. 가슴이 울렁거렸다. 눈물을 삼키며 펼쳐 보았다.

첫 장에 아빠의 단정한 글씨체가 눈에 들어왔다.

"내 꿈을 그려 본다."

왈칵 눈물이 쏟아졌다. 두 번째 장에는 시골집 설계도가 정성껏 그려져 있었다. 방 2개와 손님방이 있고, 거실에 화로가 있었다. 마당 한 편에는 조그마한 텃밭이 보였다. 평소 아빠의 작은 '꿈'이었다. 아빠는 자식 교육 때문에 도시로 이사를 왔지만, 각박한 도시 생활이 맞지 않다며 늘 아쉬워했다. 너희들 다 키우면 한적한 시골에서 살 거라며 늘 '꿈'을 말했다. 소박한 꿈을 이루기에 현실은 녹록지 않았다. 4남매 대학 입학 후에는, 졸업할 때까지였고, 졸업 후에는, 취직할 때까지였다. 직장에 들어간 후에는, 다 여의고 나서였고, 그 이후에는 늙어서 자식에게 손 벌리지 않게 조금이라도 벌어 놔야 한다고 했다. 꿈을 미뤄야 할 이유는 차고 넘쳤다. 꿈은 '지금'이 아닌 늘 '나중'이었다. 그 '나중'은 오지 않았다. 아빠는 나에게 남은 인생을 어떻게 살아야 할지 질문을 던져 주고 가셨다.

마흔이 넘었다. 이뤄 놓은 것이 없다. 벌어 놓은 돈도 없고, 내놓을 만한 스펙도 없다. 그런데도 내가 나를 가장 칭찬해 주고 싶은 한 가지가 있다. 좋은 것은 나중으로 미루지 않았다. 그때 상황에 맞게 어떻게든 '시도'는 했다. 어떤 일은 기웃거리다 아니다 싶어 말았고, 또 어떤 것은 인생을 틀 만큼 큰 영향을 주었다. 덕분에 자잘하게 그리고 빈번하게 웃으며 살았다. 제주도 1년 살이, 20개국이 넘는 가족 해외 배낭여행, 전국 노래자랑 예선 출마, 연극 단원 활동, 숲 해설사 공부 등 하고 싶은 게 있으면 미루지 않고 그때 했다. 되든 안 되든 우선은 해 봤다. 되면 '좋고', 안 되더라도 '좋고'였다. 그때 그 경험은 돈으로도 살 수 없는 자산이었다. 뭐가 남아도 남았다. 물론 가치관이 맞는 배우자가 있었기에 가능했다. 지인들에게 많이 들었던 말이 있다.

"나라면 그렇게 못 한다."

내가 꾸역꾸역 일을 저지를 때마다 나와 상황이 비슷한 그들은 고개를 저었다. 내가 봤을 때 충분히 해 볼 만한데, 그들은 '되는' 이유보다 '안 되는' 이유를 먼저 생각했다. 늘 좋은 것은 '나중'으로 미루었다.

마흔쯤, 글을 쓰기 시작했다. 사전에 계획을 짜고 한 일이 절대 아니다. 하루는 새벽에 눈이 떠졌다. 다시 잠들기는 글러서 컴퓨터를 켰다. 여기저기 블로그를 구경하다 마침 글쓰기 강좌 하나가 눈에 들어왔다. 나중에 기회가 된다면 책을 내고 싶다는 생각을 막연히 했었다. 이제는 알고 있다. 그 기회는 내가 만들지 않는 한 절대 오지 않는다는 사실을. '괜히 돈 낭비만 하는 것 아닐까'라는 생각이 잠깐 들었지만, 바로 수강 신청을 했다.

'책은 못 내더라도 뭐라도 배우겠지.'

관 뚜껑 닫히기 전에 '하지 않은 일'에 대해 후회하고 싶지 않았다. 이제 마흔이 넘었다. 나중이 아니라 '지금' 웃는다. 지금 여기서 아름다운 것을 찾아낸다. 어렵지 않다.

아끼고 아꼈던 스타벅스 쿠폰을 쓰러 갔다.

"고객님! 유효 기간이 지났는데요."

다시 한번 느낀다. 아끼면 똥 된다는 것을….

나중은 없다.

세상에서 가장 예쁜 꽃

"남들은 다 결혼하고 애 낳고 사는데…."
마흔 넘어 아직 짝을 찾지 못한 친구가 가을이라 유독 마음이
심란하다며 전화가 왔다. 남들처럼 살아야 하는데 자기만 그
러지 못한 것 같다며 신세 한탄을 한다. 우리 모두 남의 기준
대로 살지 못하면 조급해진다. 나 역시 그랬다.

몇 년 전, 지인들과 하와이 여행을 간 적이 있었다. 가기 전부
터 쇼핑 천국이라며 다들 브랜드별로 사야 할 것들을 공유하
기에 바빴다. 쇼핑 문외한 나는 좋은 것을 봐도 모른다. 친구

가 명품 가방을 메고 와도, 좋은 차를 타고 와도 전혀 알아채지 못해 서운케 한 적이 많았다. 그들은 사전에 회원 가입을 하고 할인 쿠폰을 챙겨 주며 더 싸게 살 수 있다며 쇼핑 문맹인 나를 극진히 챙겨 주었다. 일자별로 쇼핑 일정을 정했다. 다들 한국에서는 절대 볼 수 없는 가격이라고 열을 올리며 말했다. 뭐라도 사야 할 것 같았다. 비장한 각오로 아침부터 저녁까지 식사도 거르고, 다리가 퉁퉁 부을 때까지 쇼핑몰을 다녔다.

기념으로 한두 개 사려고 했던 마음은 온데간데없었다. 당장 필요하지 않아도 남들이 사지 않으면 후회할 거라고 하니 우선은 사고 봤다. 결국, 내 스타일이 아닌 옷을, 잘 바르지도 않는 색조 화장품을, 평소 들고 다니지도 않는 명품 가방을 쓸어 담았다. '남들이' 좋다고 하니…. 매일 먹이를 찾아 헤매는 하이에나처럼 쇼핑몰을 휩쓸고 다녔다.

지금도 하와이를 생각하면 에메랄드 빛깔의 바다가 아닌 회색빛 쇼핑몰이 더 기억에 남는다. 트렁크가 토할 정도로 가지고 왔던 옷은 내 스타일이 아니니 몇 번 입고 말았고, 색조 화장품은 자주 할 일이 없어서 몇 년이 지나도 닳지 않아 결국은 버렸다. 무거운 소가죽으로 만든 명품 가방은 어깨가 짓눌러 아팠다. 남편에게는 사이즈가 맞지 않은 셔츠를 두세 번 접어 입고 다니라며 협박했다. 결국, 죄다 손이 잘 가지 않아 장롱 안에 넣어 두고 잊고 살았다.

몇 년이 지났을까? 덥고 습한 장마철이 끝나고 간만에 옷장을 정리하기 위해 서랍을 열었다. 하얀 눈꽃이 보였다. 한여름에 웬 눈꽃? 곰·팡·이였다. 현란하게 피어 있었다. 줏대 없이 남들을 따라 한 대가였다. 마치 그렇게 살면 곰팡이처럼 흉하게 늙어 갈 거라고 따끔하게 경고하는 듯했다.

남편과 프랑스 여행을 갔을 때였다. 처음 간 유럽 여행이니만큼 포부가 남달랐다. 짧은 시간에 남들이 꼭 봐야 한다는 명소를 찍는 것이 가장 큰 임무였다. 여행 초짜였을 때라 엑셀 파일로 분 단위 계획을 짰다. 매일 숙제하듯 남들이 가는 곳에서 남들처럼 사진을 찍었다. 종교도 없는데 성당에 얼마나 많이 갔는지 나중에 천국 가겠다며 우스갯소리로 말하곤 했다. 계속된 일정 강행으로 눈은 푹 꺼지고 눈 그늘이 발가락까지 내려왔다. 그날도 남들처럼 에펠탑 앞에서 사진을 찍고 서둘러 루브르 박물관으로 향했다. 숨이 찼다. 표 사는 데만 두 시간을 뙤약볕에 서서 기다려야 했다.

정수리가 타들어 가는 통증을 참았다. 한 시간쯤 줄을 섰을 때쯤 짙은 한숨이 나왔다. 사실 남다른 심미안이 있는 것도 아니다. 남들이 그렇게 보고 싶어 하는 레오나르도 다빈치의 〈모나리자〉도 관심이 없었다. 늘어지게 잠 한숨 자고 싶다는 생각뿐이었다. 흐리멍덩한 상태로 줄을 서다 문득 의문이 들었다.

'왜 이러고 있지?'

대답은 '내'가 아닌 '남들'이었다. 남들에게 그래도 파리 가서 루브르 박물관에서 〈모나리자〉를 봤다고 우쭐하게 말하기 위해서였다. 옆에 있는 남편을 봤다. 미간에 주름이 잔뜩 구겨진 채 목을 쭉 내밀며 앞줄이 없어지기만을 기다리고 있었다. 〈모나리자〉를 보고 나와도 그 표정 그대로일 듯했다.

결국, 목 빠지게 기다렸던 줄에서 '탈출'을 감행했다. 영화 〈쇼생크 탈출〉에서 남자 주인공이 왜 그토록 환희에 찬 표정이었는지 알 것 같았다. 후련했다. 무작정 걸었다. 노천카페가 눈에 들어왔다. 사람들이 와인을 마시며 이야기를 나누고 있었다. 탈출했더니 출출했다. 가장 볕이 잘 들어오는 곳에 자리를 잡았다. 웨이터가 추천하는 홍합찜과 화이트 와인을 주문했다. 와인 잔을 부딪치며 우리의 '해방'을 자축했다. 와인은 더할 수 없이 감미로웠다. 적당히 배부르고 살짝 취기도 올라왔다. 식당을 나와 걸었다. 걷다 보니 루브르 박물관 옆 잔디밭이었다. 배낭을 베개 삼아 누웠다. 살랑살랑 바람이 얼굴을 간질거렸다. 이내 잠이 쏟아졌다. 몇 시간을 잤을까.

일어나 보니 하늘은 붉은빛으로 잔뜩 물들어 있었다. 루브르 박물관과 맞바꾼 낮잠은 여독이 다 풀릴 만큼 가장 맛있는 잠이었다. 남부럽지 않았다. 그날 게스트하우스에 마침 루브르 박물관에 간 친구가 있었다. 어땠는지 물었다.

"그냥 남들 다 가는 곳이니까 갔어요."

숙제하듯 갔지만, 사실 별 감흥은 없었다며 피곤한 기색이 역력했다.

몇 년 후, 모임에서 프랑스 여행 이야기가 나왔다. 어디가 가장 인상적이었냐는 질문을 받았다.

"루브르 박물관에 간 건 아니고요. 그 옆 잔디밭에서 낮잠 잤던 기억이 가장 좋았어요."

피곤이 싹 풀릴 만큼 백만 불짜리 낮잠이었다며 흥분하며 이야기를 계속했다. 몇몇은 프랑스까지 갔는데 어떻게 루브르 박물관에 안 갈 수 있냐며 안타까워했다. 또 몇몇은 여행은 자기가 즐거우면 된 거라며 적극적으로 공감해 주었다.

인생은 그런 거다. 내가 좋아서 나 좋을 대로 살았는데, 누군가는 아쉬워할 수 있고, 또 누군가는 응원해 줄 수 있다. 그 말을 다시 바꾸면, 타인의 기준대로 살았는데, 누군가는 잘했다고 평가하겠지만, 또 누군가는 안타까워할 수 있다. 내 기준대로 살았더라면, 남이 좀 듣기 싫은 말을 해도 웃으며 넘길 수 있다. 남들이 아쉬워해도 크게 상관없다. 유럽 여행 통틀어 가장 '나답게' 행복한 순간이었다. 타인이 거쳐 간 길은 그것이 아무리 좋아도 절대 내 것이 아니었다. 이삼십 대는 남들의 시선이 상당 부분 중요했다. 하지만 마흔이 넘으면서, 타인이 걸었던 길을 아무 생각 없이 가게 되면 필연적으로 불행해진다는 것도 조금씩 깨달았다. 남들은 좋을지언정 내가 좋지 않으면 아무 소용이 없었다.

지금은 확실하게 말할 수 있다. '나의 이유'로 살았을 때 훨씬 행복한 기억이 많았다고…. 매일 내가 무엇을 할 때 가장 기쁜지 생각한다. 가장 이기적이고 행복한 고민이다. 흉측하게 피어 버린 곰팡이꽃보다는 세상에서 가장 예쁜 꽃으로 살고 싶다. 그래도 턱없이 부족한 인생이다.

나를 제대로 키워 보자

"나를 키우는 공부를 하자!"
부러웠다. 나도 크고 싶었다.

새벽에 늘 그렇듯 거실 테이블에 앉았다. 여기에서 매일 책을
읽고 글을 쓴다. 정확히 말하면 '가족의' 공간이다. 밥 먹고, 차
마시고, 공부하고, 얘기도 나누는 공용 공간이다. 개인 책상이
아니다 보니 책임 소재가 모호하다. 그래서 위생 상태가 썩 좋
지 않다. 밥을 먹다가 지우개 가루가 입에 들어가고, 아들 손톱
이 책에 책갈피처럼 끼워져 있어 식겁할 때가 있다. 잔소리해

도 소용이 없다. 자기 책상이라면 과연 이렇게 사용할까, 싶다. 그날도 빵 부스러기가 여기저기 흩어져 있고, 아이들 가정통신문이 구겨져 놓여 있고, 만화책이 수북이 쌓여 있었다. 테이블 바닥엔 정체 모를 국물이 말라 찐득거렸다. 자세히 보니 어제 먹었던 떡볶이 소스였다. 한숨이 나왔다. 자는 아이들을 깨워 청소시킬 수도 없는 노릇이고, 직접 치우자니 귀한 새벽 시간이 아까웠다. 고민하다 딸 방에 들어갔다. 곤히 자고 있었다. 딸이 깰까 조용히 딸 책상에 앉았다.

딸이 초등학교 5학년이 되던 해, 네 꿈을 쑥쑥 키워 보는 공간이라며 선물해 준 독서실 책상이다. 고3 때까지 써야 하니 쇼핑몰을 꼬박 2주 넘게 둘러보며 꼼꼼하게 따졌다. 아이들 옷이나 책은 중고로 사 주지만, 책상만큼은 돈을 좀 주더라도 좋은 걸로 마련해 주고 싶었다. 색은 최대한 집중이 분산되지 않는 연한 원목으로, 등은 눈이 쉽게 피로해지지 않게 단계별 빛 조절이 가능한 걸로 샀다. 의자는 메시 소재로 통풍이 잘 되면서 요추 지지대가 있는 고가의 제품으로 구매했다.
고맙게도 딸은 책상에 대한 애착은 남달랐다. 방은 돼지우리처럼 어지럽혀도 책상은 늘 정리 정돈을 했다. 책과 노트가 과

목별로 가지런히 정리되어 있었다. 순수 공부 시간을 점검하는 분홍색 타이머, 매일 공부 계획을 적는 플래너 그리고 중간고사 디데이를 카운트하는 탁상 달력까지. 없던 학구열도 생길 정도였다. 거실 책상은 그렇게 어지럽히더니 자기 책상은 어찌나 깨끗하게 쓰는지…. 피식 웃음이 났다. 그때 탁상 달력에 네임펜으로 쓴 문구가 눈에 들어왔다.

"나를 키우는 공부를 하자!"

새 학기를 맞아 딸이 적어 놓은 올해 목표였다. 대견했다. 동시에 샘이 났다. 부끄러운 고백이지만, 부러운 마음이 조금 더 컸다.

'넌 좋겠다! 마음껏 클 수 있는 네 책상이 있어서.'

독서대 위에 어제 읽다 만 책을 펼쳤다. 그러고 보니 이 독서대도 내가 사 준 거다. 책 읽을 때 자세가 중요하다며…. 독서대에 책을 올려놓았다. 허리며 목이 훨씬 편했다. 책에 밑줄을 그을 때, 뒹굴어 다니는 모나미 볼펜으로 쓱쓱 그었다. 딸 연필통에는 색깔별로 볼펜과 형광펜이 꽂혀 있었다. 색깔별로 중요한 문장과 인상적인 문장을 구별해서 밑줄을 쳤다. 필기구도 필기구지만, 무엇보다 의자가 '돈값'을 했다. 허리 디스크가 있는 나는 움직일 때마다 삐거덕거리는 딱딱한 식탁 의자를 써 왔다. 유명 브랜드 의자는 허리를 편안하게 감싸 주어 통증이 덜했다. 이래서 '장비빨'이 중요한가 보다. "고수는 연장 탓을 하지 않는다"라고 하지만, 좋은 연장은 분명 도움이 됐다. 덕분에 집중이 잘 돼서 평소보다 글쓰기 분량을 많이 채울 수 있었다. 한참 글 작업을 하고 있는데 이런…. 딸이 일어났다.

"제 책상이에요. 일어나 주세요."

떠지지도 않은 눈을 비비며 일어나 달라고 난리다. 엄마가 자기 책상을 차지한 게 마음에 들지 않는 눈치다. 순간 나도 모르게 유치한 말이 튀어나왔다.

"이거 엄마가 사 준 거잖아. 그러니까 엄마 책상이기도 하지."

엄마가 선물해 줬기 때문에 그 소유권은 자기에게 있다며 울기 직전이다. 결국 거실로 쫓겨났다. 치사하다며 구시렁대며 거실 테이블에 묻어 있던 떡볶이 국물을 행주로 박박 문질렀다. 그리고 결심했다.

'나도 내 책상 살 거야!'

그날 이후, 시간이 날 때마다 인터넷 쇼핑몰에서 책상을 뒤졌다. 가격이 만만치 않았다. 딸 책상과 비슷하면서 좀 저렴한

제품으로 찾아봤다. 그마저도 나에게는 큰돈이었다. 점점 사지 않아도 될 이유를 생각했다.

'거실 테이블이 있는데 좁은 집에 굳이 책상을 장만해야 할까?'
아이들에게는 묻지도 따지지도 않고 당연한 투자라고 생각했던 돈이 나에게는 머뭇거려졌다. 슬그머니 당근마켓을 둘러봤다. 제일 먼저 무료로 주는 '나눔' 책상을 봤다. 마침 가까운 동네에 무료로 가져가라며 독서실 책상이 나왔다. 사진상으로도 연필 자국이 여러 군데 있고, 모서리가 닳아 딱 봐도 연식이 보였다. 백 프로 마음이 가지 않았지만, 돈 생각에 바로 가지러 가겠다고 했다. 막상 가서 보니 색깔은 훨씬 칙칙하고 한쪽이 심하게 부서져 있었다. 결국 가져가기는 힘들 것 같다며 양해를 구하고 집으로 돌아왔다. 집으로 오는 길, 문득 화가 났다.

'너는 너한테 그 정도 투자도 못 해?'
지금 중학생 아이들은 고작 써 봐야 대학 입학 전까지 4~5년이다. 평균 수명 대략 100세라고 봤을 때, 50년은 족히 쓰고도 남는다. 누가 봐도 가장 좋은 책상이 필요한 사람은 아이들이 아니라 '나'다. 그 책상에서 매일 아침 책을 읽고, 다양한 글감을 생각해 내고, 글을 쓰면서 작가로서 무럭무럭 성장할 것이다. 50년 이상 제대로 본전을 찾을 수 있는 투자에 이렇게 박하게 굴다니…. 잘못돼도 한참 잘못됐다.

그날 밤, 고민 없이 바로 딸 책상과 같은 제품을 주문했다. 이후, 매일 배송 현황을 클릭했다. 5일 후, 택배 도착 문자가 왔다. 그날은 평소보다 일찍 집에 들어갔다. 현관 앞에 큰 상자가 나를 기다리고 있었다. 가족과 함께 상자를 경건한 마음으로 뜯었다. 설명서와 함께 뽁뽁이로 야무지게 포장되어 있었다. 남편은 포장지를 뜯고 차근차근 조립해 주었다. 아이들은 뽁뽁이를 터트리며 놀고 있었다. 이내 심심했는지 딸이 와서 물티슈로 책상 먼지를 닦아 주었다. 그리고 물었다.

"그런데 엄마는 왜 책상이 필요해요?"

"너희만 크니? 엄마도 커야지!"

지금은 거실에 내 책상 옆에 아들딸 책상이 나란히 있다. 독서실 책상이라 공간이 가능했다. 새벽마다 각자 일어나 조용히 자기 할 일 한다. 마흔에 생긴 내 책상에서 나를 키우는 공부를 원 없이 해 볼 생각이다. 나도 포스트잇에 슬그머니 각오를 적어 책상 앞에 붙여 본다.

"나를 제대로 키워 보자!"

제2장. 실패가 당연해

김치를 서둘러 먹어야 하는 이유

"밥은?"

아프다고 해서 들렀더니 첫 질문이 '밥'이다. 그놈의 밥! 밥! 밥! 엄마의 관심은 오로지 '밥'이다. 아직이라고 하자 표정에 생기가 돈다. 엄마에게 '역할'이 생겼다. 대답이 끝나기가 무섭게 밥솥에 있는 밥을 덜어내고 쌀을 씻는다. 밥솥 쾌속 버튼을 누르고 바로 야채 칸에 있는 상추를 꺼낸다. 간장, 마늘, 고춧가루 그리고 참기름을 넣어 휘휘 무친다. 엄마의 분주한 숨소리가 들린다. 마땅한 찬이 없다며 미리 전화라도 해 주면 안 되냐며 한 소리 한다. 미리 연락하면 몇 시간 전부터 쉬지도 못하고 음식 준비를 했을 것이다. 겉절이가 끝나기가 무섭게, 냉장고에 있던 돼지 뒷다리살을 꺼내 고추장 양념을 만들어 파와 양파를 넣고 볶는다. 상추 겉설이를 보니 고소한 참기름 냄새에 군침이 돈다. 아까 덜어낸 찬밥에 겉절이를 얹어 입에 넣었다. 분명 밥 생각 없다고 말했는데…. 계속 들어간다. 엄마는 안타까워 어쩔 줄 몰라 한다.

"아휴! 조금만 기다려! 새 밥으로 먹어. 응?"

엄마의 다급한 사정을 조금도 봐 주지 않았다. 이미 반 공기를 비웠다. 엄마는 숨이 넘어갈 지경이다. 이놈의 인덕션 화력이 시원찮다며 아예 가스버너를 꺼낸다. 베란다 문을 열자, 숨이 턱 막힌다. 푹푹 찌는 7월이다. 그러거나 말거나 엄마는 개의치 않는다. 베란다에서 쪼그리고 앉아 가스버너에 돼지고기를 볶느라 정신없다. 엄마의 등은 땀으로 척척히 젖어 있었다. 천천히 먹어도 된다며 들어가자고 했다. 어림없었다.

"더우니까 들어가 있어! 에어컨 켰으니까 문 열지 말고!"

고기가 익는 동안, 국물이 있어야 한다며 냉동 꽃게를 꺼낸다. 늘 연락도 없이 불쑥 찾아오는 자식들을 위해 미리 손질해서 얼려 둔 꽃게다. 멸치 다시마 육수에 무를 넣어 팔팔 끓여 된장, 고추장을 풀고, 알이 꽉 찬 꽃게를 넣는다. 마지막으로 청양고추를 송송 썰어 얹는다. 후 불더니 간 좀 봐달라고 한다. 국물 맛이 시원하고 개운하다. 빨리 먹고 싶다. 엄마는 환하게 웃는다.

"배고팠지? 얼른 차려 줄게!"

엄마는 잘 먹고 있는 밥을 가져간다. 새 공기에 갓 지은 밥을 꾹꾹 눌러 담는다. 깨를 아끼지 않고 뿌린 상추 겉절이, 수북이 탑을 쌓은 듯한 돼지고기볶음. 그리고 꽃게 2마리가 비좁게 들어 있는 된장찌개까지…. 상다리가 부러질 정도다.

아픈 사람이 맞나 싶다. 며칠 동안 앓아누웠다고 알고 있는데 어디서 저런 활력이 넘쳐나는지…. 이 정도면 괴력이다. '밥' 이야기만 나오면 슈퍼우먼이 따로 없다. 그냥 고맙다고 하면 될 것을 나도 모르게 엉뚱하게 말이 나간다.

"내가 진짜 엄마 때문에 못 살아."

기껏 고생해서 차려 줬더니 고맙다고는 못할망정 볼멘소리다. 엄마는 꽃게 살을 발라 밥에 얹어 준다.

"엄마 유일한 낙이야. 엄마 하게 놔둬."

나이가 들고 몸은 쇠잔해지지만, 아직은 배고픈 딸에게 밥은 차려 줄 수 있다고 당신의 '쓰임'을 확인하고 싶은 듯했다. 더 는 누구에게도 도움이 되지 않는다는 사실처럼 슬픈 일이 있을까? 아픈 무릎으로 장을 보고, 언제 올지 모르는 자식들을 위해 늘 반찬거리 만들어 놓는다. 철이 없을 적에는 그런 모습이 보기 싫었다. 이해하기 힘들었다. 아니. 이해하고 싶지 않았다. 엄마가 무릎 통증에 절뚝거리며 밑반찬을 싸 주면, 고집을 피워 일부러 가져가지도 않았다. 오히려 모진 말을 했다. 그럴 거면 아프다고 말하지를 말라며, 반찬 만들 시간에 제발 좀 쉬라며, 차라리 마트에서 사 먹는 게 더 편하다며 상처 주는 말만 골라서 했다. 엄마의 고생을 못마땅해하며 끝까지 가져가지 않은 싹수없는 딸년이었다. 그게 엄마를 위한 거로 생각했다. 그럴 때마다 언니는 묵묵히 엄마의 반찬을 가져갔다.

"너는 하나는 알고, 둘은 모른다. 그럴 때는 맛있게 먹어주는 게 효도야."

그때는 그 말이 귀에 들어오지 않았다. 부모가 되고 불혹이 넘었다. 지금은 그 마음이 뭔지 어렴풋이 알 것 같다. 며칠 전, 감기에 된통 걸려 침대에 죽은 듯이 누워 있었다. 손 하나 까닥할 힘조차 없었다. 그때 아들 전화가 왔다.

"엄마! 학원 끝나고 집에 가는 길인데요. 엄마표 김치볶음밥을 먹으면 좀 살 것 같은데…."

눈이 번쩍 뜨였다. 벌떡 일어났다. 시간이 없다. 냉장고에서 김치를 꺼내 송송 썰어서 밥하고 같이 부리나케 볶았다. 아들이 좋아하는 김 가루를 왕창 뿌리고 단백질도 챙겨야 하니 달걀 프라이를 가운데에 살포시 얹었다. 허기진 아들이 바로 먹을 수 있게 최대한 빨리 만들어 냈다. 하얀 접시에 그럴싸하게 플레이팅까지 하니 아들이 도착했다. 김치볶음밥을 보자마자 환호성을 지르며 허겁지겁 먹는다. 입안 가득 먹으며 엄마 밥이 최고란다. 보기만 해도 배불렀다. 나의 '쓰임'이 찬란하게 빛을 발하는 순간이었다.

'이보다 더 행복할 수 있을까?'

몸이 힘들다는 생각은 전혀 들지 않았다. 오히려 쓰임을 확인시켜 주는 아들이 고마웠다. 그때, 나와 같은 눈빛으로 나를 쳐다보시던 엄마 모습이 겹쳤다. 당신의 쓰임을 누구보다 기다리고 있을 엄마….

주말 아침, 먹을 게 있나 냉장고를 뒤졌다. 엄마가 손주들 먹인다며 보내 준 가래떡이 있었다. 프라이팬에 노릇노릇하게 구워 꿀에 찍어 먹었다. 점심에는 딱히 밥 생각이 없었다. 베란다에 보니 엄마가 싸 준 고구마가 있었다. 고구마를 쪄서 엄마가 만든 동치미 국물에 먹었다. 저녁에는 아이들이 고기를 먹고 싶다고 했다. 냉동고에 마침 엄마가 그대로 볶기만 하면 된다며 만들어 준 불고기가 있었다. 재료 손질할 필요도 없이 편하게 저녁을 때웠다. 생각해 보니, 그날 하루, 온통 '엄마'였다. 지금 당장 감사하다고 말하지 않으면 후회할 것 같았다. 준비 없이 아빠를 떠나보내고 알게 됐다. 말할 수 있을 때 지금 당장 해야 한다고…. 엄마에게 전화를 걸었다. 그리고 엄마의 쓰임을 입이 닳도록 찬양했다.

"오늘 엄마 없었으면 굶어 죽었을 거야. 마침 김치도 똑떨어졌지 뭐야. 주말에 가지러 갈게!"

아니나 다를까 엄마의 목소리는 한층 고조됐다.

마흔 후, 효도의 정의가 바뀌었다. 엄마의 '쓰임'을 부지런히 확인시켜 주고 싶다. '당신은 저에게 꼭 필요한 존재입니다'라는 사실을 계속 알려 주고 싶다. 내 마음 불편한 것은 우선순위에서 밀려난 지 오래다. 앞으로 아무쪼록 눈 질끈 감고 염치 없이 받아먹어야겠다. 마흔 넘어 철드나 보다. 그렇게 서서히 인간이 되어 가나 보다.

김치는 아직 절반이나 남았다. 서둘러 먹어야겠다.

나의 소중한 밥벌이

오늘도 백만 가지 일을 마치고서야 하루가 끝났다. 곡소리와 한숨이 절로 나온다. 수업은 기본이고 잡무와 행정 업무가 늘 대기 중이다. 먹고사는 일이 만만치 않다. 오랜만에 보고 싶었던 지인을 만났다. 차를 마시며 요즘 일이 버겁다며 고민을 털어놓았다. 지인은 나에게 물었다.

"자기 인생에서 일은 어떤 의미야?"

훅 들어온 질문에 얼굴이 붉어졌다. 바로 대답할 수 없었다. 많은 생각들이 맴돌았다. 돈? 인정 욕구? 소속감? 성장? 성취감? 대충 그럴싸하게 포장해서 말할 수도 있었지만 그러고 싶지 않았다. 진짜 내 것이 아니었다. 일을 자신 있게 사랑한다고 말할 수 없었다. 결국 얼버무리다가 대화는 다른 주제로 넘어갔다. 부끄러웠다. 마흔이 되면 일을 사랑할 줄 알았다. 이유는 모르겠다. 막연히 그렇게 생각했다. 이삼십 대 때, 일이 어떤 의미인지 고심했지만, 늘 답은 모호했다. 결국 명확한 답은 찾을 수 없었다.

'마흔에는 일에 대해 정의를 내릴 수 있겠지.'

어려운 질문에 대한 답은 마흔으로 미루어 놓고 살았다. '사십이 넘으면 적어도 지금처럼 의심이 들거나 두루뭉술하지는 않겠지'라고, 생각했다. 만약 이 일을 20년 가까이해 왔다면, 분명 일에 대한 애정과 확고한 믿음이 있기에 가능하다고 미루어 짐작했다. 마흔이 넘은 지금, 나는 나에게 면목이 없었다. 아직도 그 질문에 확신 있게 답할 수 없었다.

'나는 왜 내 일을 사랑하지 못할까?'

계속 그 질문이 내 머릿속을 떠나지 않았다.

일요일 오전, 딸과 함께 동네 산책을 했다. 3월이지만 공기가 제법 추웠다. 얼마 걷지도 않았다. 딸은 이제는 먹어도 되지 않냐며 재촉했다. 딸이 추운 날 굳이 산책하는 이유는 딱 하나다. 바로 붕어빵을 먹기 위해서다. 산책을 마치고 돌아오는 길에 늘 붕어빵집을 들른다. 마치 바나나우유를 먹기 위해 공중목욕탕을 가는 것과 같다. 그 집은 늘 손님들로 북적인다. 팥이 과하게 달지 않고 반죽이 기름기 없이 바삭하다. 갈 때마다 1개는 서운해서 2개, 3개도 가뿐하게 먹는다. 맛도 맛이지만 무엇보다 사장님이 늘 웃는 얼굴로 맞이해 주신다. 그 기분 좋은 환대에 덩달아 마음도 따뜻해진다.

그날은 웬일로 한산했다. 딸은 기회는 이때라며 붕어빵을 천천히 그리고 많이 먹겠다고 선포했다. 딸은 슈크림 붕어빵을, 나는 팥 붕어빵을 집어 들었다. 갓 나왔는지 따끈따끈했다. 후 불어 한입 물었다. 달콤한 팥 향이 입안 가득 퍼졌다. '그래 이 맛이야'라는 표정으로 딸과 함께 눈을 맞추었다. 생각보다 뜨겁다. 분주하게 입에서 김을 뿜었다.

"아이고! 그러다 입 댈라!

손사래를 치며 사장님이 천천히 먹으라며 걱정해 준다. 머쓱해서 웃으며 요즘 추운데 힘들지 않냐며 뒤늦은 인사를 건넸다. 맛있다고 찾아와 주는 손님들 보면 힘든지도 모른다고 했다. 사람 좋은 미소로 사장님은 틀에 묽은 밀가루 반죽을 붓고 팥소를 넣어 틀을 휘휘 돌렸다. 물 흐르듯 신속하고 능숙했다.

그리고 적당히 노릇해지면 붕어빵을 꺼내 가지런히 놓았다. 그 모습이 마치 신명 나게 춤을 추는 듯했다. '밥벌이' 표정이 아니었다. 마침 손님이 없어서 이야기를 나누다가 이 일을 어떻게 시작했는지 조심스레 물었다. 대답은 의외였다.

"허리 디스크 덕분이지."

사장님은 종이컵에 맥심 커피를 털어 보온병의 뜨거운 물을 부었다. 익숙하다는 듯 커피 봉지를 반으로 접어 저으며 잠시 생각에 잠긴 듯했다. 그리고 김이 나는 커피를 한 모금 마시고 천천히 입을 열었다.

"10년 전 허리 디스크가 심해져서 도저히 앉아서 하는 일을 할 수 없는 거야. 울며 겨자 먹기로 했던 일을 그만뒀어. 그때는 진짜 먹고사는 일이 너무 막막하더라고. 앉아서 하는 일은 할 수가 없으니까 서서 할 수 있는 일을 찾았어. 그러다 하루는 길거리에서 붕어빵을 사 먹는데 딱 '이 일이다' 싶은 거야. 처음 붕어빵 장사를 한다고 했을 때 누가 가르쳐 주는 사람도 없고 너무 막막하더라고. 우선 급한 대로 매일 내 돈으로 가맹점별로 붕어빵을 다 샀지. 지나가는 사람들에게 시식을 부탁했어. 그리고 가장 맛있는 붕어빵에 스티커를 붙여 달라고 했어. 유독 팥이 적당히 달고 반죽이 느끼하지 않다는 평이 제일 많은 붕어빵이 있었지. 그게 지금, 이 붕어빵이야. 절대 그냥 나온 게 아니야. 그러니 맛이 있을 수밖에 없지. 몸은 힘들어도 일 못 해서 예전에 마음이 힘들었던 거 생각하면 아휴, 비교가 안 돼. 이렇게 서서라도 일할 수 있는 게 어디야. 나는 이 일이 고마워."

누가 봐도 자신이 굽는 붕어빵에 대해 자부심과 애정이 깊어 보였다. 10년 동안 붕어빵 장사로 자식 대학도 보내고 결혼도 시켰다면서 이렇게 고마운 일을 어떻게 사랑하지 않을 수 있겠냐고 했다. 허리가 아픈 자신에게 딱 맞는 일이라며 앞으로 체력만 된다면 10년, 20년은 더 하고 싶다고 했다. 누가 봐도 사장님은 자신의 '밥벌이'를 진하게 사랑하고 있었다. 나도 모르게 사장님에게 지금 하는 일에 대해 복잡한 마음을 털어놨다. 묵묵히 듣고 있던 사장님이 입을 열었다.

"일해야 한다고 생각하지 말고 '일할 수 있어 감사합니다' 하고 살아."

사장님의 말투는 당차고 누구보다 '확신'에 차 있었다. 일에 대한 기준은 높지 않았다. 현실과 적당한 타협이 아니었다. 내가 나를 먹여 살리고, 또 사랑하는 가족에게도 베풀 수 있는 사람이라는 '자부심'이었다. 자신이 만든 붕어빵을 먹고 싶어 와 주는 손님들에게 고마운 마음도 잊지 않았다. 누구보다 성치 않은 몸에도 일을 할 수 있는 지금을 감사하게 생각하고 있었다. 사장님의 투박한 말씀은 온종일 묵직하게 남아 있었다.

다음 날 아침, 학교로 걸어가는 길에 학생이 나를 보자마자 밝게 웃으며 인사를 한다. 사거리 신호등 앞에서 매일 만나는 아이다. 손을 흔들며 답했다. 어제 장염은 괜찮아졌는지, 오늘 수행평가 준비는 잘했는지 시시콜콜한 이야기를 나누며 함께 걸었다. 문득 궁금해졌다. 매일 어떻게 그 시간에 만날 수 있는지.

"사실은 선생님 만나고 싶어서 집에서 시간 맞춰서 나와요."
만약 나를 만나지 못하면, 초록불에도 건너지 않고 내가 올 때까지 기다린다고 했다. 게다가 영어 수업이 있는 화요일과 목요일은 제일 기다리는 시간이라는 말도 덧붙였다.
'일의 의미를 엉뚱한 곳에서 찾고 있었구나.'

일은 우리 인생에서 많은 부분을 차지한다. 일이 마냥 좋다고 말할 수 있는 사람이 몇이나 될까? 그런데도 삶에 만족할 수 있는 유일한 방법은 지금 하는 일이 '가장 가치 있는 일'이라고 믿는 것이라고 한다. 익숙함에 속아 일의 가치를 잊고 살았다. 감사한 마음보다 당연한 마음이 컸다. 행복을 느끼는 가장 쉬운 방법은 당연하다고 생각했던 것을 당연하지 않다고 여기는 것이다. 내 재능으로 나와 가족을 먹여 살리고 있다. 나와 함께 걷고 싶고 내 수업을 기다려 주는 학생이 있다. 그리고 아침에 눈 떴을 때 출근할 수 있는 직장이 있다. 무엇보다 배우고 성장하고 싶은 마음도 있다. 이렇게 쉬운 방법을 두고 왜 그렇게 어렵게 찾았는지 모르겠다. 붕어빵을 만들면서 춤이 절로 나오는 사장님처럼 나도 오늘은 춤을 추듯 수업하고 싶다. 나의 소중한 밥벌이…. 아무래도 사랑할 것 같다.

마흔에 첫사랑을 대하는 마음가짐

딸은 오늘도 눈을 뒤집어 깐다. 탁상 거울에 종일 얼굴을 들이대고 고군분투 중이다. 허구한 날 귀이개로 쌍꺼풀 라인을 만든다. 고생해서 만든 쌍꺼풀 라인이 없어지지 않게 눈알을 사정없이 부라린다. 얼마나 뒤집어 까는지 흰자위밖에 보이지 않는다. 섬뜩하다. 공포 영화가 따로 없다. 어쩌다 쌍꺼풀이 운 좋게 만들어지면 '기회는 이때'라며 볼에 바람을 잔뜩 넣고 수십 장의 셀카를 찍는다. 옆에서 보면 웃음이 새어 나온다. 애써 만든 쌍꺼풀이 다음 날 없어지면 난리가 난다. 왜 무쌍으로 태어난 거냐며, 자기 외모 탓을 한참을 한다. 피부가 원주

민처럼 까맣다느니, 프레디 머큐리처럼 치아가 튀어나왔다느니, 코주부원숭이처럼 코가 크다느니…. 듣고 있으면 멀쩡한 구석은 하나도 없다.

딸은 중학교 입학 후 외모에 부쩍 관심이 커졌다. 그렇다. 딸은 지금 '첫사랑'에 빠져 있다. 아쉽게도 짝사랑이다. 같은 반 남학생을 좋아하고 있다. 딸이 그 녀석 사진을 보여 준다. 모든 부모가 그렇겠지만 사실 내 딸이 훨씬 아깝다는 생각밖에 들지 않는다. 말하려다 꾹 참았다. 뭐가 그렇게 끌리냐고 물었다. 세련된 유머 감각이 좋단다. 손으로 턱을 괴고 딸을 빤히 바라봤다. 한쪽만 쌍꺼풀이 된 짝짝이 눈을 보며 힘주어 말했다.

"고백해! 한 번밖에 없는 첫사랑을 말도 못 해 보고 끝내지 말고!"

딸은 듣는 내내 사뭇 진지했다.

딸은 긴 고민 끝에 여름 방학식 전날, 자신의 마음을 꾹꾹 눌러 담아 고백 편지를 썼다. 다음 날 아침, 딸은 수줍은 듯 무언가를 내밀었다. 고백 편지였다. 밤새 그 아이에게 편지를 썼나 보다. 쓰고 지우고를 수없이 반복한 흔적이 보였다. 내용이 유치하지 않은지 검토해 달란다. 아주 그냥 절절했다. 귀한 내

딸내미 마음고생 좀 그만했으면 좋겠다. 진정성이 묻어난 편지라며 격하게 응원해 줬다. 딸은 긴장한 눈빛으로 몇 번이고 괜찮냐고 되물었다. 아침밥도 건너뛰고 급하게 학교에 달려갔다. 일찍 도착해서 그 아이 책상 서랍 안에 고백 편지를 넣어두기 위해서였다. 딸은 방학 내내 답장을 계속 기다렸다. 여름방학이 끝날 때까지 답장은 물론 전화 한 통 없었다. 딸은 애써 만들어 놓은 쌍꺼풀이 없어질 정도로 펑펑 울었다. 눈에 넣어도 아프지 않을 내 딸 눈에 눈물 흘리게 하는 녀석이라니 아주 혼꾸멍을 내주고 싶었다. 딸은 속상해서 울었고, 나는 내 딸이 짠해서 눈물이 났다. 그날 이후 딸은 더는 눈을 부라리는 일은 없었다.

나의 첫사랑…. 처음으로 제일 많이 사랑한 존재다. 귀여운 꼬마 숙녀가 언제 이렇게 컸을까? 어느 순간 훅 커서 짝을 찾았다며 결혼하는 날이 머지않아 올 수도 있겠다는 청승맞은 생각이 든다. 마흔쯤 바라보는 내 첫사랑의 첫사랑. 기분이 묘하다. 대견하고, 뭉클하고 아무튼 이상하다.

"오늘 엄마랑 놀자."

"죄송해요. 오늘 친구들하고 약속이 있어요."

언제부턴가 딸은 주말에 늘 바쁘다. 혼자 카페에 가서 글을 쓰고 있었다. 건너편 테이블에 있는 아이가 어디가 불편한지 칭얼대고 있었다. 엄마가 안고 토닥였지만, 별 소용이 없어 보였다. 그러자 아빠는 아이를 번쩍 안고 일어났다. 아이 울음이 잦아들 때까지 카페 수십 바퀴를 돌며 달래 주고 있었다. 아이를 걱정하는 표정과 쉴 새 없이 다독이는 손끝에 사랑이 묻어났다. 뜬금없이 눈시울이 붉어졌다.

처음으로 부모가 되어 그간 딸아이를 키웠던 나날들이 스쳐 지나갔다. 나를 처음으로 '엄마'로 만들어 준 아이. 내 안에 심장이 2개 있다는 사실을 아는 순간부터 사랑에 빠졌다. 자기 전, 매일 남편과 함께 태교 동화를 읽어 주며 건강하게 나와 주기만을 기도하고 또 기도했다. 예정일보다 진통이 빨리 시작됐다. 분만할 때 소리 지르면 태아에게 가는 산소가 적어진다는 말에 아랫입술을 깨물었다. 터진 입술에서 피가 배어 나왔다. 소리를 참느라 얼굴에 실핏줄이 다 터졌다. 죽음의 문턱이라고 생각할 때, 딸을 만났다. 온몸이 덜덜 떨렸다. 꼬물꼬물한 생명체가 품에 안겼다. 땀과 눈물로 범벅이 된 얼굴로 딸을 봤다. 그토록 보고 싶었던 내 첫사랑…. 입술에 피딱지가 생겨 마음껏 웃지 못했다. 눈을 보며 처음으로 젖을 물렸던 그 순간…. 평생 잊지 못할 것이다. 밤새 아이 가슴에 귀를 대며 지켰다. 아이랑 단둘이 함께 있으면 숨은 쉬고 있는지 걱정돼 한숨도 잘 수 없었다. 예방 접종 첫날, 아이도 울고 나도 울었다. 뽀얗고 말캉한 살에 뾰족한 바늘이 들어가는 것을 도저히 볼 수가 없었다. 그 이후 예방 접종은 남편이 데리고 갔다.

딸아이는 밤에 한 번 울기 시작하면 몇 시간이고 그칠 줄을 몰랐다. 건강하게만 나와 달라는 마음과 달리 몸이 지칠 때는 짜증이 슬슬 밀려왔다. 남편과 내가 번갈아 토닥였지만, 소용이 없었다. 그때마다 남편은 딸을 차에 태우고 운전했다. 딸은 차만 타면 잠이 들었기 때문이다. 신호등 대기에 잠깐이라도 쉬면 차가 떠나가라 울어댔다. 결국 남편은 새벽에 신호등 없는 고속도로를 한참을 달리다 새벽에 들어온 적도 많았다. 새벽에 자지러지게 우는 딸을 안고 등을 따독이며 밤을 지새웠다. 엄마는 통잠 한 번 자는 게 소원이라며, 힘들어 죽겠다며 같이 엉엉 울었다. 지금 생각해 보면 힘들어 봤자 고작 몇 년이었는데….

딸이 유치원 다녔을 때였다. 어른을 만나면 반드시 인사를 해야 한다고 늘 말하고 가르쳤다. 유독 예의를 강조했다. 하루는 경비 아저씨를 만났는데 딸이 부끄럽다며 인사를 하지 않고 내 뒤에 숨었다. 지금 생각해 보면 당연히 그럴 수 있다. 나중에 좋게 타일러서 말하면 될 일이다. 솔직히 말하면 남들로부터 엄마가 제대로 가르치지 않았다는 평을 듣는 게 싫었던 것 같다. 순간 소리를 빽 질렀다.

"당장 다시 가서 인사하고 와!"

불같이 화를 내며 다그쳤다. 서럽게 울며 눈물이 그렁그렁 맺힌 눈으로 나를 쳐다보던 눈빛이 아직도 생각난다. 할 수만 있다면 그때로 가서 딸을 꼭 안아 주고 싶다.

'조금만 더 잘해 줄걸….'

'조금만 더 기다려 줄걸….'

'조금만 더 표현해 줄걸….'

어제는 우연히 딸 뒷모습을 봤다. 발목이 훤히 보였다. 불과 몇 달 전에 사 준 청바지인데 금세 복숭아뼈까지 올라와 있었다. 엄마 마음을 아는지 모르는지 첫사랑은 하루가 다르게 무럭무럭 커 갔다. 처음으로 배를 뒤집고, 처음으로 걷기 시작하고, 처음으로 엄마라 부르고…. 온통 자신의 '처음'을 서투른 엄마에게 선물해 주었다. 그 감동을 늘 받기만 했다. 누군가의 '처음'을 함께한다는 것이 얼마나 큰 행복인지 깨우쳐 준 존재다. 삼십 대 때 아이를 키우는 데만 급급했다. '언제 커서 손이 좀 덜 갈 수 있으려나' 그 생각뿐이었다. 젖을 물렸을 때는 젖만 떼도 좀 살 것 같았다. 잠 좀 실컷 한 번 자는 게 소원이었다. 젖을 뗐더니, 기저귀만 떼도 훨씬 데리고 다니기 수월할 것 같았다. 걸을 수만 있으면, 학교에만 들어가면…. 그 귀하고 찰나 같은 시간을 보지 못했다. 서툴렀기에 아쉬움이 많이 남는 첫사랑이다.

가슴 찡한 딸의 첫사랑을 지켜보는 이 순간, 내 첫사랑이 내 품에서 언젠가는 떠날 것을 알고 있다. 마음이 급해진다. 그저 내가 할 수 있는 일은 매일 첫사랑에게 얼마나 사랑하는지 헤프게 고백하는 것이다. 딸아이가 졸린다며 손을 크게 벌리며 다가온다. 다 큰 딸이지만 잘 때가 되면 품에 안기는 것을 좋아한다. 엄마 냄새를 맡으면 잠이 잘 온다며. 딸을 품에 안고 머리칼을 넘겨주며 입맞춤한다. 그리고 사랑한다고 속삭인다. 마흔에는 그 '찰나'를 놓치지 않을 수 있을 것 같다.

왕따의 품격

"너 또 혼자지?"

혼자 월정리 바다를 바라보며 컵라면 국물을 후루룩 마시고 있었다. 국물 맛이 끝내준다. 그때 핸드폰이 울렸다. 친구 J다. 이번에도 딱 걸렸다. 친구는 매번 혼자 여행 가는 내가 못마땅한 눈치다. 시간이 되면 같이 가자고 했거늘 또 혼자 떠났다며 서운해한다. 도대체 혼자 무슨 재미냐며 도통 이해하기 힘들다고 한다.

'하…. 진짜 좋은데…. 설명할 길이 없네.'

의도치 않게 혼자 있는 것을 자주 들키다 보니 자연스럽게 지인들로부터 연락이 뜸해졌다. '어차피 또 혼자 놀고 있겠지'라며 아예 체념한 듯하다.

'이러다 왕따 되면 어떡하지?'

큰일이다. 혼자가 좋다. 음… 그냥 좋다가 아니라 '아주아주' 좋다. 나이가 더해 가면서 더 그런 듯하다.

오늘은 일이 일찍 끝났다. 금쪽같은 시간이다. 동료들은 평소 바빠서 만날 수 없었던 지인들과 약속을 잡는 눈치다. 이런 날은 계 탄 날이다. 가슴이 사정없이 콩닥콩닥 뛰었다. '혼자' 놀 수 있는 시간이 생겨서…. 시간이 없다. 열두 시가 되면 마법이 풀리는 신데렐라처럼 마음이 바쁘다. 어디서 무엇을 어떻게 보낼 것인가를 꽤 진지하게 고심한다. 남들은 혼자 청승맞게 뭐 하며 노냐고 하지만 놀 거리는 무궁무진하다. 시간이 부족해 다 못 할 지경이다. 혼자 하고 싶은 것을 수첩에 적어 보았다. 가까운 공원에서 소풍 분위기 내며 도시락 먹기, 바빠서 못 읽은 책 읽기, 쇼트커트 스타일로 자르고 셀카 찍기, 보세 옷 가게에서 카디건 장만하기 등등 줄줄이 비엔나소시지처럼 끝도 없이 나온다.

'선택과 집중'이라고 하지만 오늘은 다 하고 싶다. 최대한 효율적인 동선을 짰다. 평소 계획을 싫어하지만, 이때만큼은 촘촘한 계획이 꼭 필요하다. 1분이라도 허투루 쓰지 않는다. 우선 핸드폰은 무음으로 설정했다. 이 시간은 그 누구도 방해할 수 없다. 반나절이면 이동 시간을 아껴야 하니 오늘은 동네 뒷산이다. 이른 봄, 연두색으로 산이 물이 오르는 지금, 꼭 가 봐야 한다. 햇빛을 머금으면 그 빛깔이 예술이다. 아는 사람만 아는 '숲 성수기'다. 소풍 가는 기분으로 동네 카페에 들러 커피 한 잔과 햄 치즈 샌드위치를 주문했다. 샌드위치는 배낭에 눌리지 않게 고이 넣고 커피를 기품 있게 들었다. 산들바람에 커피 향이 그윽하게 밀려왔다. 벌써 흥이 차오른다. 다행히 평일 오후라 숲길은 한적했다. 온통 내 차지였다.

산을 조금 올라가자마자 여기저기서 새소리가 들려왔다. 언제 가도 나를 VIP로 대접해 준다. 나무들이 우거진 숲길을 걸었다. 걷다 보니 큰 팽나무 아래 벤치 하나가 보였다. 벤치 위에 쌓인 나뭇잎을 대충 치우고 앉았다. 배낭에 있는 샌드위치를 꺼내 한입 물었다. 커피도 후 불어 한 모금 마셨다. 그리고 가방에 있던 책을 꺼내 펼쳐 읽었다. 한 시간이 흘렀을까? 미용실에 전화해 보니 지금 손님이 없단다. 서둘러 달려갔다. 봄을 맞아 산뜻하게 고준희 쇼트커트 스타일을 시도했다. 어중간하게 길었던 머리를 싹둑 잘라 내니 기분도 덩달아 가벼워졌다. 내친김에 머리 맵시에 맞게 옷도 사고 싶다. 가성비 좋은 동네 보세 옷 가게를 들렀다. 화사한 노란색이 유행이라며 직원이 추천해 준다. 생각보다 잘 어울린다. 가격표만 떼고 입고 나왔다. 머리도, 옷도 상큼하다. 기분이 좋아 셀카를 여러 컷 찍었다. 봄날의 반나절 여행은 더할 나위 없었다. '혼자'였기 때문에 가능했다.

이삼십 대에는 사람들로부터 에너지를 받았다. 사교적이고 외향적이었다. 기력이 없다가도 사람들과 신나게 웃고 떠들고 나면 언제 그랬냐는 듯 생기가 돌았다. 방전될 뻔한 건전지가 비로소 빵빵하게 충전된 듯했다. 혼자 밥을 먹는 일은 상상하기 힘들었다. 두려웠다. 나를 마주하는 시간은 어색하기 짝이 없었다. 임용고시 준비하면서 어쩔 수 없이 학식을 혼자 먹어야 했다. 혼밥은 꽤 큰 도전이었다. 시선을 어디에 둘지 몰랐다. 책을 펼쳐 놓고 읽는 척을 하며 밥을 꾸역꾸역 집어넣었다. 하루는 혼자 밥을 먹는 나를 본 선배가 걱정 비슷한 어조로 왜 혼자 먹고 있냐며 물어봤다. 이후, 아는 사람 마주치는 게 불편해서 아예 굶었던 적도 있었다. 허기보다 '타인의 시선'

이 더 중요했다.

지금은 혼자 고깃집에서 삼겹살도 넉살 좋게 구워 먹는다. 2인분은 거뜬히 먹을 수 있으니, 사장님에게 죄송하지도 않다. 지금은 타인과 친해지려고 애쓰는 노력을 나 자신에게 한다. 굳이 배고프지 않은데 밥을 함께 먹어야 하고, 관심 없는 화제에도 경청하는 수고로움을 애써 하고 싶지 않다. 피곤하다. 되도록 약속을 내가 먼저 잡지 않는다. 가끔 상대방에게 연락이 오면 만나는 식이다. 그렇다 보니 인간관계가 예전보다 가벼워졌다. 덕분에 '관리'가 굳이 필요 없는 사람들만 남아 있다. 연락이 뜸해서 서운해하지 않을까 전전긍긍하지 않아도 될 사람이니 조급할 필요가 없다. 오히려 가뿐하다.

불혹이 되면서 '은둔'의 즐거움을 알게 됐다. 이 좋은 것을 왜 이제야 알았나 싶다. 지금은 아예 대놓고 왕따를 즐긴다. 이왕 즐기는 거 '품격 있게' 즐기고 싶었다. 혼자 있는 시간을 나를 키우는 시간으로 채우고 싶었다. 우선 기상 시간을 앞당겼다. 새벽 여섯 시면 아무리 피곤해도 일어났다. 가족들이 다 자는 시간이니 누구도 나를 방해할 수 없었다. '은둔'을 철저하게 보장해 주는 시간이었다. 명상하고, 책을 읽고, 글을 쓴다. 온전히 나를 만나는 시간이다. 그렇게 새벽 루틴이 끝나면 배낭을 메고 직장까지 걸어간다. 매일 풍경이 다른 여행길이다.

걷는 시간도 '은둔'의 시간이다. 남 눈치 보지 않고 오만 가지를 할 수 있다. 좋아하는 음악도 듣고, 글감이 생각나면 걷다가 잠깐 메모를 해 둔다. 보통 걷는 시간에 아이디어가 많이 떠오른다. 직장이 끝나면 그때부터 다시 '은둔'이 시작된다. 집까지 걸어오면서, 직장에서 불편했던 감정을 희석한다. 시간 여유가 있는 날은, 참치김밥 한 줄 사서 공원에 들른다. 먹다 보면 기분도 절로 좋아진다. 벤치에 가부좌 자세로 앉아 수첩을 꺼내 앞으로 하고 싶은 일들을 두서없이 적어 본다. 그 시간이 나에게 큰 선물이다. 혼자 있는 시간은 야금야금 나를 키웠다.

'왕따'의 일상은 생각보다 재미가 쏠쏠했고, 꽤 유익했다. '일찍 알았더라면 지금보다는 내가 좀 더 크지 않았을까?'라는 뒤늦은 후회도 해 본다. 싫든 좋든 우리는 언젠가는 혼자 남게 된다. 앞으로 남아 있는 시간, 나와 더 깊게 친해질 계획이다. 무엇을 할 때 아이처럼 좋아하는지, 어떤 순간에 가장 몰입하는지 마음을 다해 나를 알아갈 것이다. 아무쪼록 당신도 더 늦

.

기 전에 자발적 왕따가 되길…. 좋은 건 같이 해야 한다. 하루 빨리 당신도 은둔의 기쁨을 알았으면 좋겠다.
오늘도 우아하게 왕따의 품격을 지킨다.

실패가 당연해

'다르게 해 볼까? 그러다 망치면 어떡해?'
결국 했던 방식으로 했다. 늘 하던 대로, 남들이 하라는 대로, 정해진 설명서대로 하는 게 가장 안전하다. 괜히 다르게 해 보려다 실수라도 생기면 메꾸느라 골치 아프다. 직장에서 나는 세상 졸보다. 창의성, 융통성 따위는 거의 없다. 어쩌다 한 번씩 생기려고 하면 싹을 자른다. '괜찮겠지' 하고 나름 용기를 내서 시도했다가 다시 해야 하는 상황을 몇 번 경험하고 나서다. 나이가 들면서는 굳이 그런 수고로운 일을 하고 싶지 않았다. '잘해야지'라는 마음보다는 구멍 없이 하는 게 최종 목표가 됐다. 덕분에 일을 크게 그르치지 않고 지금까지 근근이 살고 있다. 당연히 성장은 없었다. 일탈(?) 하지 않고 살아온 결과였다. 신규였을 때 가장 듣기 싫은 말이 있었다.

"이렇게 해 왔으니까요."

요즘 '혁신' 정책이 쏟아진다. 이제 변화는 낯설고 불편하다. 새로운 것을 시도하는 분위기를 반기기보다는 '굳이'라는 생각부터 들었다. 머리는 굳어 가고, 해 왔던 대로 하고 싶은, 말 그대로 '고인 물'이 되고 있었다.

토요일 오전, 배낭에 대충 세면도구만 챙기고 버스 터미널로 나왔다. 당연히 목적지는 없었다. 마음이 복잡할 때, 목적지 없이 버스 터미널로 나와 그날 마음 내키는 곳을 여행하곤 한다. 보통 이런 취미를 말하면 사람들은 놀란다. 정해 놓은 것이 없으면 망치지 않냐고. 계획 없이 왔다고, 일정이 순조롭지 못했다고 후회해 본 적 없다. 오히려 그 변수 덕분에 잊지 못할 추억이 생긴다. 이 또한 경험이라며 나만 잘 설득하면 된다.

매표 스크린을 이리저리 눌러 본다. 가나다순으로 지역명을 볼 수 있었다. '구례'가 보였다.

'구례? 구래! 결심했어!'

싱거운 농담으로 혼자 실실대며 표를 샀다. 버스 도착하기까지 한 시간이 남았다. 근처 서점에 들렀다. 마침 읽고 싶었던 책이 보였다. 반가운 마음에 아예 자리를 잡고 읽었다. 한참 읽다가 시계를 봤다. 버스 도착까지 1분이 남아 있었다. 미친 듯이 뛰었다. 이미 떠나고 난 뒤였다.

젠장! 버스부터 망쳤다. 피식 웃음이 나왔다. 다시 숨을 고르며 표를 샀다. 사실 책 한 권 재미나게 읽었으니 그리 억울하지도 않았다. 게다가 생각지도 못한 시간도 생겼다. 버스 올 때까지 1시간 30분. 마침 출출했다. 근처 맛집을 검색했다. 시간 내서 올 일이 없으니 맛집 탐방도 하면 좋겠다 싶었다. 후기가 유독 많은 브런치 레스토랑이 눈에 띄었다. 바로 길 건너편이었다.

외관부터 요즘 유행하는 인더스트리얼 인테리어가 눈길을 끌었다. 젊은 친구들이 삼삼오오 브런치를 즐기고 있었다. 전망 좋은 창가에 앉았다. 추천 메뉴인 생연어 샐러드와 관자 로제 파스타를 주문했다. 마침 Ed Sheeran의 〈Shape of you〉가 흘러나오고 있었다. 멜로디에 맞춰 몸을 들썩거렸다. 햇살 내리쬐는 창가에 앉아 근사한 음식으로 토요일 오전을 만끽했다. 버스를 놓쳐서 가능했다. 계획이 '틀어진' 덕분이었다.

다행히 두 번째 버스는 제시간에 버스를 탔다. 창밖을 보다 보니 벌써 구례에 도착했다. 조그마한 시골 정류장 대기실 의자에 앉아 숙소를 검색했다. 약간은 허름하지만, 정감 가는 게스트하우스가 보였다. 한 시간 조금 넘게 걸어야 했다. 한 시간쯤이야. 경치도 즐길 겸 걷고 싶었다. 숙소 사장님에게 전화를 걸었다.

"걸어서 가고 싶은데 인도가 있나요?"

몇 초간 침묵이 흘렀다.

"있기는 한데… 걸어서 오는 사람은 거의 없어요."

묻기는 했지만, 어차피 답은 정해져 있었다. 전화를 끊고 선크림을 콧등부터 얼굴 전체까지 꼼꼼하게 발랐다. 배낭끈을 어깨 아프지 않게 조절했다. 그리고 걸었다.

유난히 하늘이 높았다. 늦은 오후 시간대라 너무 덥지도 않았다. 콧노래를 흥얼거렸다. 들녘이 시원하게 펼쳐진 길을 걸었다. 가던 길을 멈춰 허리를 숙여 제비꽃 사진을 찍고, 따라오던 강아지와 한참을 놀았다. 걷다 보니 시골 초등학교가 보였다. 운동장에 들어서니 불쑥 달리고 싶어졌다. 심장이 벌떡벌떡 뛸 때까지 뛰었다. 숨이 차고 가슴이 두근댔다. 목이 탔다.

슈퍼에서 '탱크 보이' 하나 사서 학교 벤치에 앉았다. 시원한 배 맛이 입안 가득 퍼졌다. 간간이 부는 바람이 땀을 식혀 줬다. 가는 길이 이토록 즐거울 수 있을까? 종종 찻길과 가까워 위험한 구간도 가끔 있었지만, 조심하면서 걸으면 될 일이었다. 이 길을 걷지 않았으면 얼마나 후회했을까? 남의 말 듣지 않길 잘했다.

어둑어둑해진 저녁이 돼서야 도착했다. 사장님은 늦게 와서 걱정했다며 식전이면 식사를 같이하자고 했다. 마침 거실에는 손님들이 한데 모여 담소를 나누고 있었다. 어렵사리 휴가를 내고 왔다는 스타트업 회사 대표, 산을 좋아한다는 교수님, 구례로 귀촌 한 이웃들까지…. 걸어왔다니 다들 한마디씩 한다. 무섭지 않았냐며, 자주 왔지만, 한 번도 걸어올 생각을 못 했다며, 대단하다며…. 마지막에 팔짱을 끼고 묵묵히 듣고 있던 사장님이 말한다.

"거참. 남의 말 더럽게 안 듣네요."

모두 박장대소가 터졌다.

남의 말 안 들어서 오늘 최고로 기분 좋은 날이었다는 것을 누가 알까? 마침 스타트업 대표님이 이야기 중이었다. 이번에도 실패할 작정으로 도전했던 프로젝트가 운 좋게 잘되고 있다고 했다.

"망하면 괜히 했다고 후회되지 않아요?"

그분은 나를 빤히 쳐다봤다. 그리고 물었다.

"여행 망쳤다고 여행 온 거 후회한 적 있어요?"

실패는 쓰라렸지만, 그 경험치 덕분에 오히려 성장할 수 있었다고 했다.

"실패가 당연한 거예요. 성공은 아주 이례적인 거고요."

버스 놓쳤다고 오늘 여행 망했다고 생각하지 않았다. 덕분에 가기 힘든 좋은 레스토랑에서 브런치를 즐겼다. 1시간 30분 늦게 도착해서 태양이 작열하는 시간도 피할 수 있었다. 그냥 지나쳤을 꽃구경도 했고, 오랜만에 뜀박질도 했다. '실패한' 덕분이었다. 매끄럽지 못한 여행이 준 선물이다. 시간을 잘못 알아 기차를 놓쳤을 때 대기실에서 만난 외국인과 친구가 되었다. 큰마음 먹고 찾아간 맛집이 문을 닫아 어쩔 수 없이 들른 근처 식당이 인생 맛집이었다. 실패는 나를 생각지도 못한 경험으로 이끌어 주었다. 실수로부터 오히려 많이 배우고 성장할 수 있었다. 실패가 당연하다고 생각할수록 인생은 훨씬 풍요로웠다. 잃은 것보다 얻는 게 많았다.

마흔이 넘었다. 안전한 틀만 좇다 보니 실패가 당연하지 않은 나이가 됐다. 실패할 것 같으면 배우려고 하지 않고 해 왔던 방식대로 해 왔다. 어렸을 적, 엉덩방아 찧는 것이 무서워서 스케이트를 배우지 않았다. 이제는 실컷 넘어지면서 더 많은 실수를 하고 싶다. 조금 두렵다. 하지만 아무것도 하지 않은 것이 더 두렵다. 그거야말로 최악의 실패다. 조금씩 넘어지는 법을 배워야 쉰에는 도전이 할 만하다고 느껴지고, 예순에는 밥 먹듯이 새로운 도전을 기꺼이 할 것이다. 나의 마흔에 열렬한 응원을 보낸다.

'실패가 당연해!'

학원비보다 연금 펀드

며칠 전 학원에서 문자가 왔다.

"이번 달부터 물가 상승으로 학원비 4만 원을 인상할 예정입니다."

한참 핸드폰 화면만 째려봤다. 두 아이 모두 영어 학원에 다닌다. 이번 달 수강료가 또 올랐다. 6개월 전에 인상하고 이번이 두 번째다. 진짜 해도 너무 한다.

다니던 영어 학원이 수강료가 올라서 걱정인데 딸은 수학 학원도 보내 달라고 한다. 아니나 다를까 아들도 다니고 싶다고 한다. 일이 커졌다. 계산기가 머릿속에서 돌아간다. 수학까지 보내면 교재비, 셔틀비까지 하면 100만 원이 훌쩍 넘었다. 영어 학원 두 명만 보내도 1달에 60만 원이다. 우리 집 경제 규모에 지나치게 벗어난 지출이었다. 이건 아니다. 그렇게 무리해서까지 보내고 싶지 않았다. '협상'이 필요했다.

가족회의를 했다.

"영어, 수학 중 하나만 선택하자!"

딸은 살짝 서운한 낯빛이다. 왜 그래야 하는지 알아듣기 쉽게 차근차근 설명했다. 학원 2개를 다니면 책 읽는 시간이 부족할 것이고, 취침 시간도 늦어질 것이라며 꼭 이 방법이 최선인지 고민해 보자고 했다. 그리고 가장 중요한 이유를 마지막에 덧붙였다.

"너희들 공부도 중요하지만, 엄마, 아빠 노후 준비도 중요해."

사실 그렇다. 나는 내 살길이 막막하다. 진심이다. 물가 상승률을 생각하면 연금은 턱없이 부족하다. 사교육에 돈을 쏟아붓다가 나중에 폐지를 줍고 있는 내 노후가 그려졌다. 노후를 망치고 싶지는 않았다. 나에게 우선순위는 자식 교육보다 노후 준비다. 물론 여유가 되면 다 보내면 좋겠지만, 남편과 내 월급을 합쳐도 빠듯했다. 만약 학원을 하나 더 보내게 된다면 이번에 가입하려고 했던 연금 펀드를 포기해야만 했다. 괜찮은 연금 펀드 상품을 알아보는 중이었다. 남편까지 가입해야 해서 예산이 넉넉지 않았다.

스무 살까지 키워 주면 부모로서 의무는 다했다고 생각한다. 아이들이 기어다닐 때부터 스무 살부터는 독립해야 한다고 귀에 딱지가 박히도록 말해 왔다. 인생은 셀프다. 하필 우리 세대는 수명이 길어진 저성장 시대에 살고 있다. 자칫 100세까지 살면 자식이 70세다. 늙은 자식이 더 늙은 부모를 부양해야 하는 웃지 못할 상황이 온다.

"자식이 공부하고 싶다고 하는데 어떻게 그럴 수 있을까?"라며 야박한 엄마라고 욕할 수도 있다. 실제로도 비슷한 평을 가끔 듣는다. 그런데도 나에게 답은 단순했다. 자식 처지에서 생각하면 답은 자명했다. 과도한 사교육비로 노후에 돈이 없어 책임져야 하는 부모보다는 사교육은 충분히 시켜 주지 못했지만, 독립적으로 사는 부모가 더 나을 것 같았다.

고맙게도 아이들은 내 뜻을 이해해 주었다. 70세가 되어 100세인 부모님을 돌보기는 본인이 생각해도 부담스러웠나 보다. 장고 끝에 지금은 수학 학원만 다니고 있다. 대신 영어는 인터넷 강의로 대체하고 있다. 나도 부모다. 자식들이 원하는 거다 해 주고 싶다. 아니 해 주고도 아쉬워 더 해 주고 싶다. 그러다 마음을 다잡는다. 꼭 '교육비 투자와 자식 성공은 비례하지 않는다'라고. 오히려 주변에서 교육열이 지나쳐서 아이를 망치는 사례를 많이 접했다. 어렸을 적부터 나는 아이들에게 돈을 투자하지 않았다. 책은 늘 중고로 샀고, 옷은 물려 입었다. 피아노 학원을 제외하고는 학교 수업이 전부였다. 중학생이 되었지만, 흔한 브랜드 티셔츠나 청바지가 없다. 살짝 미안한 마음에 큰마음 먹고 사 주려고 해도 이제는 아이들이 손사래를 친다.

대신 아이들에게 '시간'을 투자한다. 아무리 피곤해도, 자기 전, 단 10분이라도 껴안고 볼을 비비며 오늘 하루를 이야기한다. 오늘 기분이 어땠는지, 어제 친구와 오해가 있었던 일은 어떻게 됐는지 시시콜콜하게 이야기를 나눈다.

산책은 틈만 나면 한다. 날이 좋으면 좋은 대로, 날이 궂으면 궂은 대로, 동네 근처를 정처 없이 걷는다. 목적 없는 수다를 계속하다 보면 출출해진다. 산책할 때만큼은 아이들이 좋아하는 간식을 인심 좋게 사 준다. 가는 길에 길고양이를 만나면 한참을 쓰다듬으며 인사도 건넨다. 오는 길에 동네 서점도 들러 읽고 싶은 책을 읽다 보면 풍성한 여행을 마친 느낌이다. 여행은 자주 그리고 꾸준히 떠난다. 대부분 배낭 메고 도보나 버스로 이동한다. 하루 중 4인 가족이 쓴 돈은 도시락까지 싸면 만 원도 채 안 될 때도 있다. 조금 불편하고 '훨씬' 행복하다. 돈이 아닌 시간을 투자한 덕분에 아이들은 고민이 있으면 엄마 아빠와 소통하는 것을 좋아한다. 덕분에 학원을 결정할 때도 오해 없이 대화가 잘 된 듯하다.

나중에 독립한 자식에게 부담을 주고 싶지 않다. 최소한 내가 나를 끝까지 책임지고 싶다. 자식이 나를 부양해 주기를 바라거나, 몸이 아파 병원 치료비를 자식들에게 손을 빌리고 싶지 않다. 손주에게 용돈을 줄까 말까, 고민하지 않았으면 좋겠다. 가고 싶은 곳이 있으면 가고, 먹고 싶은 음식이 있으면 맛보면서 살고 싶다. 인생의 끝자락이 지질하지 않았으면 좋겠다. 학원비보다 연금 펀드인 이유다.

콩나물무침은 할 줄 안다

월요일이다. 동료들은 주말에 아이들에게 해 준 간식 이야기가 한창이다. 어떤 이는 고구마 맛탕을, 또 누구는 쿠키를 했다고 한다. 어떻게 그런 요리를 척척 만들 수 있는지…. 조용히 입 다물고 듣고만 있었다. 그리고 한숨이 나왔다.
'어휴. 이 나이 먹도록 할 줄 아는 요리도 없고….'

마흔이 넘으면 요리를 잘하게 되는 줄 알았다. 아주 큰 착각이었다. 이 나이 먹도록 제대로 할 줄 아는 음식이 없다. 하지 않다 보니 더 못하게 됐다. 칼질도 내가 하면 난도질이 됐고, 의욕을 갖고 뭘 하면 할수록 사람들은 자꾸 말렸다. 지금도 '콩나물무침'만 보면 마음 한쪽이 아리다. 아니 쓰리다.

아들이 여덟 살 때였다. 하루는 잘 시간이 됐는데 웬일로 배고프다고 했다. 기쁜 일이었다. 평소 입이 짧아서 도통 잘 안 먹는 아들이다. 냉큼 밥을 푸는데 오늘은 콩나물무침을 너무 먹고 싶다고 했다. 하필 콩나물무침이었다. 아쉽게도 엄마가 보내 주신 밑반찬에는 콩나물무침이 없었다. 감히 만들어 보겠다는 엄두조차 낼 수 없었다. 급기야 아들은 "콩나물무침 꼭 먹고 싶은데…"라며 통곡했다. 내일 반찬가게 문 열면 가장 먼저 사 주겠다며 애써 재웠다. 콩나물무침은 나에게 뼈아픈 추억이다.

올케가 엄마 생신 기념으로 집으로 초대했다. 미역국에 조촐하게 먹을 거라고 했다. 예의상 하는 말이었다. 불고기, 잡채, 오징어숙회, 각종 나물 그리고 전까지 손수 만든 음식들로 입이 떡 벌어질 정도였다. 하나같이 맛깔났다. 잡채를 한가득 입에 넣고 신기한 듯 물었다.

"도대체 이런 걸 어떻게 만들 수 있어?"

올케는 별거 아니라며 누구나 다 할 수 있다고 했다. 마치 모범생이 "교과서 위주로 공부했어요"라고 말하는 것과 흡사했다. 아이들은 게 눈 감추듯 먹었다. 누가 보면 며칠 굶은 줄 알겠다. 아이들이 잘 먹으면 대견하고 기분이 좋아야 하는데 마냥 편하지만은 않다. 민망하고 부끄럽다. 그런 손주들을 보니, 엄마는 평소 요리와 담쌓고 사는 나에게 한마디 하고 싶어 하는 표정이다.

아니나 다를까 남동생은 이번 기회에 요리 좀 배워 보라며 농을 한다. 어색한 웃음으로 모면하는데 아들이 밥 한 공기 더 먹어도 되냐고 묻는다. 세상에! 밥 한 공기를 다 비웠다. 평소 반 공기 정도만 겨우 먹는 녀석이다. 요리 못하는 엄마를 만나 의도치 않게 소식하며 살았나 보다. 올케는 반찬이 떨어지자, 냉장고에 있는 반찬을 서둘러 내놓았다. 아들과 내 눈은 두 배로 커졌다. 콩·나·물·무·침! 아들은 허겁지겁 밥 한 공기를 더 뚝딱했다. 아들은 식사를 마치더니 남아 있는 찬을 아쉬운 표정으로 한참을 바라본다.

"저… 혹시 이거 싸 가도 돼요?"

먹던 잡채가 목구멍에서 엉킨 듯했다. 결국 염치없이 한참 어린 올케가 싸 준 반찬을 양손 가득히 가지고 왔다. 가져온 밑반찬을 냉장고에 차곡차곡 넣었다. 한숨이 나왔다.

'이 나이 먹도록 요리도 제대로 못 하고….'

암울한 미래가 그려졌다. 나중에 사위가 왔는데 짜장면 시켜 주는 날라리 장모, 며느리에게 홈쇼핑용 김치를 보내 주는 근본 없는 시어머니가 되어 있지 않을까?

우울해하고 있는데 아들이 내 속을 아는지 모르는지 오늘 있었던 일을 미주알고주알 말한다. 모르는 수학 문제를 친구들 대부분이 다 알고 있어서 자기에게 설명해 줬다고 한다. 순간 기가 죽었을 아들이 걱정됐다.

"부러웠겠다. 그렇지?"

아들 대답은 예상을 빗나갔다.

"아니요! 친구들이 저를 도와주니까 정말 고맙던데요."

"……."

"사람은 자기가 잘하는 거 하면서 살면 돼요."

친구들은 수학 문제를 잘 풀지만, 자기는 칭찬을 잘한다고 했다. 덕분에 친구들이 수학이 힘든 자신을 도울 수 있어서 좋고, 자신은 그런 친구들을 칭찬할 수 있어서 좋다고 했다.

'왜 굳이 약점에 집중하면서 나를 힘들게 했지?'

요리는 못하지만, 감탄을 잘한다. 자랑 같지만, 누구보다 잘한다고 말할 수 있다. 아이들이 나를 부르면 하던 일을 멈춘다. 눈을 마주 보고 마음을 다해 듣는다. 기쁜 일이면 함께 기뻐하고, 슬픈 일이면 함께 슬퍼한다. 그저 내 방식대로 공감해 준다. 어렵지 않다. 일부러 하라고 하면 절대 못 했을 것이다. 타고난 성향이다. 정말이지 '감탄'은 누구보다 자신 있다. 덕분에 아이들은 앞다투어 나와 대화하려고 한다. 못하는 거에 괜히 기운 빼고 있을 일이 아니었다.

요리를 못한 덕분에 생각지도 못한 장점이 많다. 요리에 젬병인 엄마 덕분에 아이들은 일찍 요리를 시작했다. 저학년 때부터 밥은 물론, 간단한 국이나 볶음밥 정도는 해서 먹는 수준이 됐다. 지금은 유튜브로 배워 별미 요리도 척척한다. 아들 꿈은 요리사다.

'이 나이 먹도록 할 줄 아는 게 뭐야?'

'마흔' 이후, 나에게 기운 빠지는 질문을 하곤 했다. 남들이 다 하는 것을 나만 못한다고 생각하면 한없이 한심해졌다. 그럴수록 자꾸 마음은 위축이 됐다. 못하는 것은 빨리 인정하기로 했다. 그리고 나 좋을 대로 해석하기로 했다. 나중에 사위 왔을 때 짜장면 좀 시켜 주면 어떤가? 별미라며 더 좋아할 수도 있다. 며느리에게 홈쇼핑용 김치를 보내 주면 오히려 요리 못하는 시어머니라 덜 어렵지 않을까? 며느리 밥상을 책잡지 않고 누구보다 맛있게 먹어 줄 자신은 있다. 아들에게 큰소리를 쳤다. 요리 잘하는 엄마 만났으면 그 아까운 재능을 몰랐을 거라며. 엄마 잘 만난 줄 알라며… 이 나이 먹도록 반드시 해야 하는 것은 없다. 조금은 헐렁하게 살기로 했다. 기회가 되면 조금씩 배워 가면 된다.

놀라운 사실은, 지금 콩나물무침은 할 줄 안다.

재미없게 살고 싶다

일정했다. 그리고 지속적이었다.

"철썩! 철썩! 철썩!"

끝없이 파도는 밀려오고 부딪혔다. 한참을 멍하니 바라봤다.

'저 파도는 어떻게 긴 시간 지루한 반복을 견딜 수 있나?'

달력을 들춰 보았다. 남아 있는 달력이 없다. 올 한 해는 달랑이 한 장만 남았다. 오늘을 대충 살았으면, 내일 잘 살면 된다고 생각했다. 이번 주 계획한 대로 살지 못했다면, 다음 주가있다며 위안했다. 이번 달 내 모습이 마음에 들지 않았으면, 다음 달을 기대해 볼 수 있었다. 남아 있는 달력이 없는 12월은 기대해 볼 다음 달이 없었다. 어쩌면 더 이상 미룰 수 없는 순간이 올 수도 있겠다는 생각이 엄습했다.

밤 비행기로 혼자 제주에 왔다. 평소보다 일찍 잠에서 깼다. 눈곱만 떼고 옷을 주섬주섬 입고 숙소를 나섰다. 아직은 모두가 잠든 푸른 새벽이었다. 숙소 주변을 걷기 시작했다. 이 시간 이방인으로 낯선 곳을 산책하는 기분은 나만 아는 힐링이다. 마침 바다가 근처다. 편의점에서 따뜻한 두유 한 병을 사서 손으로 감쌌다.

"철썩! 철썩! 철썩!"

끝도 없이 지치지 않고 파도는 자기 몫을 하고 있었다.

처음에 뭣 모르고 작가가 되고 싶다고 했다. 진짜 뭣 몰랐기에 가능한 일이었다. 하얀 종이에 내 이야기를 마음껏 펼쳐 놓는 멋진 일이라고 생각했다. 마음껏 적는 것까지는 좋았다. 출간으로 이어지는 과정은 만만치 않았다. 이후 고치고, 고치고, 또 고치고. 그래서 끝났다고 생각했는데 또 손을 봐야 하는 끝없는 퇴고의 연속이었다. 지독한 훈련과 연습의 과정이었다.

'글을 과연 마무리할 수는 있을까?'

성질 급한 내가 좀처럼 성과가 보이지 않는 글을 붙들고 있기 힘들었다. 매일 정해진 시간에, 되든 안 되든 노트북 앞에 앉아 뭐라도 적어야 했다. 곤욕이었다. 술술 쓰는 시간보다 막히는 시간이 훨씬 많았다. 처음 희망찬 포부는 어느 순간 시들해졌다. 쓰지 않아도 될 이유를 찾았다. '핑계'가 생기면 반갑기까지 했다.

'오늘은 못 했지만, 내일은 꼭 하자!'

자기 전에 굳게 마음먹었지만, 오늘 못 한 일은 내일도 힘들었다. 그렇게 퇴고를 1년 넘게 껴안고 있었다.

몇 년 전 일이다. 우연히 도서관 로비에서 세밀화 전시회를 구경했다. 작은 부분까지 꼼꼼하게 자세히 묘사하는 미술작품이 인상적이었다. 늘 그렇듯 시작은 쉽다. 바로 순수 미술반에 등록했다. 전시회에 내 작품이 떡하니 걸린다고 생각하니 가슴이 뛰었다.

첫 시간, 두 시간 동안 선만 그리다 끝이 났다. 다음 수업은 명암, 그다음 수업은 정육면체⋯. 도대체 그림은 언제 그릴 수 있는 건지 물었다. 입문반을 마치고 전문반으로 넘어가야 가능하다고 했다. 한숨이 절로 나왔다. 몸을 비틀고 있는 나와 달리, 남들은 선 하나에 온 집중을 다 했다. 결국 몇 번 나가다 그만뒀다. 나오지 않는 나를 챙겨 주려는 수강생들의 전화가 왔지만, 받지 않았다.

몇 달 후, 우연히 그 문화센터에 들렀다. 마침 로비에 그림 전시회 중이었다. 심미안은 없지만 누가 봐도 근사한 작품들이었다. 화가 이름을 봤다. 익숙했다. 나와 함께 등록했던 사람들이었다. 그들은 그 재미없는 선 그리기를 묵묵히 견뎌 냈다.

한 달에 책을 최소 두 권씩 읽는다고 했지만 익숙하지 않은 지식 도서는 술술 읽히지 않았다. 읽다 말다 읽다 말다 결국 책을 덮었다. 식단 조절과 근력 운동으로 탄력 있는 몸을 만들겠다고 다짐했다. 결과는… 지금 출렁이는 뱃살이 말해 준다. 퇴근 후면, 소파에 푹 꺼져 잠을 자고 싶지, 운동하겠다고 나가고 싶지 않았다. 처음 다졌던 의지는 흐물흐물해졌다. 동시에 뱃살도 흐물흐물해졌다. 매일 글을 쓰겠다고 다짐했다. 글 좀 쓰려고 하면 마치 약속이나 한 듯 일이 생겼다. 집에 경조사가 있어 시간을 빼야 하고, 마침 몸이 아파 주어 누워 있어야 했다. 온갖 변명으로 글을 쓰지 않은 날이 많아졌다. 결국 퇴고를 끝내겠다고 나에게 약속한 날이 훨씬 지났다.

다음 날 아침, 눈을 떴다. 제주도에 첫눈이 내리고 있었다. 예전에 지인이 한라산은 설경을 봐야 진짜라며 기회가 되면 꼭 가 보라 했던 말이 떠올랐다. 바로 한라산 영실 코스 사무소에 전화했다. 등산이 가능하다고 했다. 대충 준비하고 택시를 탔다. 한라산 매표소까지 삼만 원이 넘었다. 아깝지 않았다. 태워 주는 것만으로도 감사했다.

천지를 뒤덮은 하얀 눈, 헐벗은 나무 위에 피어 있는 눈꽃…. 숨소리마저 죽이고 바라보았다. 지인이 말한 대로 한라산의 설경은 가위 일품이었다. 어서 빨리 정상을 보고 싶은 마음이 굴뚝같았다. 설레었던 마음도 잠시 점점 구간이 길어질수록 숨이 차기 시작했다. 재미없는 코스가 기다리고 있었다. 경사가 만만치 않은 계단을 올라가야 했다. 처음에는 할 만했다. 시간이 지나자, 허벅지가 터질 듯했다. 계단을 올려다보니 언제 저기를 올라갈 수 있을지 한숨부터 나왔다. 더 이상 올려다보지 않았다. 봐서 좋을 게 없었다. 숨을 크게 들이마셨다. 지금 당장 할 수 있는 것만 생각했다.

'한 계단, 한 계단, 딱 한 계단만! 진짜 마지막으로 딱 한 번만….'

그렇게 나를 어르고 달래 가며 올라갔다. 한 계단이 끝나면 다음 앞 계단만 봤다. 정상을 올려다봤더라면 중간에 포기했을 수도 있다. 어디쯤 왔을까. 아직도 멀었는지, 중간은 왔는지, 곧 도착하는지 묻지 않았다. 그냥 딛고 올라갔다. 쉬었다 갈까?, 슬그머니 생각이 비집고 들어올 때 발은 계속 움직이고 있었다. 내 의지와 다르게, 다리는 자기 할 일을 덤덤히 꾸역꾸역하고 있었다.

'어떤 일도 매일 하다 보면 몸이 알아서 하겠구나.'

'언제쯤 정상에 도착할 수 있을까?' 혹은 '이렇게 하는 게 과연 맞는 걸까?' 등 잡다한 의심과 의문은 전혀 도움이 되지 않았다.

매일 글을 쓰겠다고 마음먹었건만 쉽지 않았다. 생각보다 쉽게 쓰는 날도 없지는 않았지만, 몇 줄조차 쓰지 못해 고민한 날이 더 많았다. 책상 앞에 앉아 글 쓰지 않더라도, 종일 글쓰기에 관한 생각으로 머리가 복잡했다. 이것도 써 볼까? 저것도 쓸 수 있지 않을까? 제법 괜찮은 아이디어다 싶을 때도 막상 쓰려고 하면 술술 써지지 않았다.

남들에게 보일 만한 성과는 아직 없지만, 그래도 종일 글쓰기에 관한 생각을 하면서 지낸 지난 1년은 나에게 있어 의미가 충분했다. 과거의 나와 비교했다. 분명 달라졌다. 매일매일 점을 찍고 있었다. 여유가 있는 날은 크고 진한 점, 또 힘에 부치는 날은 작고 희미한 점이라도 찍고 있었다. 마흔 이후의 삶은 재미없는 일을 진득하게 하면서 살고 싶다. 그렇게 살다 보면 언젠가는 그 점들이 모여 굵직한 선 하나쯤은 그려져 있지 않을까?

따분한 반복 덕분에 정상에 오를 수 있었다. 정상에서 크게 외쳤다.
"재미없게 살자!"

제3장. 아름다운 일은 계속 있을 거라며

지금까지 코는 무사하다

"꿈이 뭐예요?"

선뜻 대답하지 못했다. 괜히 말해서 창피만 사고 싶지 않았다. 지금, 인터넷 검색하면 '내 책'이 뜬다. 보고도 믿기지 않는다. 예상하지 못했다. 마흔 넘어서 작가가 될 거라고.

몇 년 전, 여행지로 베트남 달랏을 알게 됐다. 베트남 중부 고원 지대에 있어 연중 선선한 날씨로 유명한 곳이었다. 무엇보다 푹 쉬기에 좋은 한적한 분위기라고 했다. '한적한 분위기', 듣는 순간 이거다 싶었다. 이번 배낭여행은 조용히 내 시간을 가지고 싶었다. '작가'처럼 숙소에서 종일 책 읽고 일기도 쓰면서…. 그러기 위해서는 숙소 선정이 중요했다. 눈이 빠지도록 꼼꼼히 모든 평을 다 읽었다. 그중 한 곳이 눈에 들어왔다.

"진정한 휴식을 원한다면 이 숙소가 딱 맞습니다!"

유독 여기는 자연 속에 파묻혀 쉬기를 원하는 사람에게 적격이라는 후기가 많았다. 게다가 창밖을 바라보는 책상 하나가 내 마음을 사로잡았다. 거기에 앉아 햇살을 받으며 책을 읽고 글을 쓰는 장면을 상상했다. 길게 생각할 이유가 없었다. 통 크게 일주일을 예약했다.

달랏으로 가는 비행기에서도, 숙소로 가는 택시에서도 오로지 관심사는 조용한 그 '집'이었다. 짙은 녹음에 싸인 달랏의 거리는 가는 길마저 싱그러웠다. 기분 좋은 예감이다. 창문을 열었다. 시원한 공기가 훅 들어왔다. 눈을 감고 청량한 공기를 힘껏 들이마셨다. 30분을 달렸을까. 예약 사이트에서 봤던 분홍색 건물이 보였다. 꿈에 그리던 그 집이다. 심장 박동이 빨라졌다. 택시에서 서둘러 내려 건물을 올려다보았다. 순간 귀를 의심했다.

"윙! 윙! 위잉!"

숙소 바로 옆 건물에서 공사가 한창 진행 중이었다. 귀가 따가

울 지경이었다. 직원만 있을 뿐 호스트는 없었다. 다급히 호스트에게 메시지를 보냈다. 공사가 있다고 왜 미리 말하지 않느냐고 물었다. 몰랐다며 내일은 조용해질 거라고 했다. 숙소 안은 휴대전화 진동 모드처럼 수시로 울렸다. 시간이 갈수록 아까 진동 소리는 애교 수준이었다. 드릴에 망치까지 더해져 소음은 더 격렬해졌다.

"드르릉! 쿵쿵! 드렁드렁! 쿵쿵!"

미친 하모니는 사람 미치게 했다. 급기야 귀도 정신도 멍해졌다. 이미 결제가 끝났고 체크인까지 했으니, 환급은 힘들었다. 머리가 지끈거렸다. 끓어오르는 부아를 꾹 참았다.

다음날 이른 아침, 새소리 대신 공사 소리에 깼다. 귀청까지 전해질 정도로 육중하게 쿵쾅거렸다. 미라클 모닝이 따로 없었다. 책을 읽고 글을 쓰기는커녕 드릴 소리에 부르르 떨면서 아침을 버텼다.

내 피 같은 돈. 약속과 다르다며 호스트에게 메시지를 보냈다. 호스트는 사무적이었다. 본인도 몰랐다는 말만 반복할 뿐 정 힘들면 귀마개를 제공하겠다면서 규정상 환급이 불가하다는 말만 되풀이했다. 미치고 팔짝 뛸 노릇이었다. 순간 이렇게 적었다. 지금도 왜 그런 말이 나왔는지 의아하다.

"작가입니다. 도저히 글을 쓸 수가 없습니다."

'작가'라고 툭 그냥 내뱉었다. 분주하게 오가던 메시지가 잠시 멈췄다. 기회는 이때다 싶었다.

"공사 사전 공지하지 않은 거 책임 묻지 않겠습니다. 환급해 주세요."

몇 초 후, 호스트는 집필하러 왔는지 몰랐다며 미안하다는 답장이 왔다. 기적 같은 일이 벌어졌다. 숙소비 전액을 다 돌려주겠다고 했다. 그리고 집필 잘하라는 응원까지.

뭐지? 거짓말은 좋지 않은 거라고 배웠고 또 그렇게 가르치며 살았다. 거짓말하면 코가 길어진다는데 나는 심장이 간질간질해졌다. 기분이 묘했다. 어디에서도 말해 보지 못한 내 꿈을 이런 황당한 상황에 툭 내뱉을 줄 몰랐다. 알고 보니 달랏은 개발 지역이라 공사 현장이 꽤 많았다. 또 그런 불상사는 있어서는 안 된다. 이번에 묵을 곳은 섣불리 하고 싶지 않았다. 반나절을 살핀 끝에 조용하고 깨끗한 숙소를 찾아냈다. 시골 마을에 있는 2층 독채였다. 바로 호스트에게 메시지를 보냈다.

"작가입니다. 집필 중인데 공사가 있는지 꼭 알려 주세요."

거짓말이 처음이 어렵지 두 번째는 할만했다. '작가'라는 단어 하나가 엄청난 전달력이 있었다. 여기는 글을 쓰기에 최적이라며 환영 문자가 왔다. 실제로 도착해 보니 그토록 바라던 꿈의 숙소였다. 아침이면 새가 지저귀고, 낮에는 숲 냄새가 진하게 풍겼다. 그리고 저녁에는 달빛과 함께 고요가 깃들었다. 작가로 살기에 안성맞춤이었다. 매일 책을 읽고 일기를 썼다. 하루는 글을 쓰고 있는데 노크 소리가 들렸다. 이 시간에 올 사람이 없는데⋯. 살짝 긴장했다. 중년으로 보이는 집주인 부부였다.

"우리 숙소에 작가분이 투숙한다고 해서 만나 뵙고 싶어서요."
사장님이 말하는 동안 사모님은 마치 나를 연예인 보는 표정으로 힐끔힐끔 쳐다보는 게 느껴졌다. 어색한 미소로 들어오시라며 거실 소파에 함께 앉았다. 가시방석이었다. 아니나 다를까 어떤 책을 낸 작가냐며 호기심 어린 눈으로 물었다. 눈을 어디에 둘지 몰라 허공을 봤다. 눈이 마주칠 듯싶으면 이내 피했다. 이미 다리는 떨고 있고, 심장은 대책 없이 벌렁거렸다. 침을 목구멍으로 꼴깍 넘기며 말했다.

"음⋯. 에세이 작가인데 책은 곧 나올 예정이에요."
사장님은 글 쓰는 데 방해해서 미안하다며 서둘러 일어났다.
사모님은 달랏 와인을 선물이라며 수줍게 건네주었다. 본인

숙소에서 책이 집필된다고 생각하니 영광이라며 고맙다는 인사와 함께. 와인을 받는데 손에 땀이 흥건했다. 겸연쩍게 인사를 하고 황급히 문을 닫았다. 소파에 털썩 앉았다. 땀에 젖은 손바닥을 바지에 문질렀다.

'내가 미쳤지. 어쩌려고 거짓말을…. 아니! 잠깐! 여기에서만큼은 작가가 되면 되지.'

여기 있는 동안만큼은 작가처럼 살아야 할 것 같았다. 아니 작가로 살아 보고 싶었다. 이후 매일 잠이 쏟아져도 자기 전에는 꼭 여행 일기를 썼다. 만약 책을 낸다면 독자들에게 어떤 메시지를 전할까를 고민했다. 글을 쓰기 전에는 쓴 커피도 홀짝거리며 글감을 떠올렸다. 왠지 작가는 그래야 할 것 같았다. 늘 무거운 노트북도 가방에 넣고 다녔다. 어깨는 아팠지만, 심장은 간질거렸다. 예쁜 카페가 나오면 창가에 앉아 몇 시간이고 앉아 글을 썼다. 그렇게 매일 작가인 척했다. 앉아서 꾸는 '꿈'이 아니었다. 직접 살아 본 '꿈'이었다.

3주간 작가로 살고, 한국에 돌아왔다. 귀국 후, 그냥 내뱉은 말이 마음속에 대롱대롱 매달려 있었다. 거짓말쟁이로 살면 코가 길어진다고 들었다. 영 찝찝했다. 그렇지 않아도 뭉뚝한 코인데 길어지기까지 하면 큰일이다. 결국 글을 쓰기 시작했다. 말이 씨가 됐다. 그때의 거짓말이 싹을 틔워 작가가 됐다. 꿈을 생각 없이 내뱉은 덕분에…. 기적을 이뤄 준 거짓말이다. 요즘 자기 계발서를 보면, 성공의 법칙으로 목표를 적고 이미 지화하고 입으로 내뱉으라고 한다. 내 경험상 미리 꿈을 말해 버리는 방법도 나쁘지 않다. 감히 작가라고 말하고, 작가처럼 살았다. 지금 생각해 보면, 꿈을 이루는 가장 단순하면서 확실한 방법이었다. 마흔이 넘어도 혼자 중얼거리는 꿈이 있는가? 삼키지 말고 뱉자! 일단 뱉으면 언젠가는 양심상 하게 된다. 여태껏 거짓말쟁이가 되고 싶지 않아 글을 쓰고 있다.

덕분에 지금까지 코는 무사하다.

나이 탓이 아니다

"잠깐! 내가 뭐 하려고 했지?"

정신 사납다. 안방에 들어온 남편이 침대 앞을 왔다 갔다 한다. 분명 뭘 하려고 들어왔는데 생각이 도통 나지 않는다며 중얼거린다. 도와줄 여유가 없다. 내 코가 석 자다. 나도 이불을 펄렁거리며 몇 분째 찾고 있었다. 방금 사용했던 핸드폰이 없어졌다. 귀신이 곡할 노릇이다.

결국 남편은 끝내 생각나지 않는다며 거실로 나갔고, 없어졌던 핸드폰은 안방 화장실 변기 위에 떡하니 있었다. 하루 이틀 일이 아니다. 둘 다 총체적 난국이다. 그날도 "나이 들어서 그래”라며 서로를 씁쓸하게 위로했다.

'성행위 금지'
남편과 동네 근처 초등학교 산책하는 중이었다. 눈알이 튀어
나오는 줄 알았다. 보고도 믿기지 않았다. 눈을 크게 뜨고 다
시 봤다. '성행위 금지' 미쳤다. 세상이 미쳐 돌아가나 보다. 대
낮에 그것도 아이들이 다니는 초등학교 앞에서….
“어머머! 세상에 망측해라! 미쳤어! 미쳤어!”
혹여라도 누가 들을까 급하게 주변을 둘러봤다. 다행히 사람
이 없다. 남편에게 바짝 다가가 조심스레 표지판을 가리켰다.
목소리를 죽이고 '성행위 금지'가 말이 되냐며 물었다. 놀란 토
끼 눈이 되어 있는 나를 어이없는 표정으로 바라본다. 다시 찬
찬히 봤다. '상행위' 금지…. 차마 남편을 똑바로 볼 수 없었다.
“나이 먹어서 그래”라며 멋쩍게 말했다.
“나이 먹어서 그래”라는 말을 요즘 달고 산다. 나이 들었으니
좀 넓은 마음으로 이해해 달라는 치졸한 변명이다.

마흔 후, 눈, 머리, 입 다 따로 논다. 개인플레이다. 당최 협업
이 안 된다. 미칠 노릇이다. 눈으로는 분명 텍스트를 봤지만,

머리는 엉뚱하게 해석한다. 그뿐인가! 머리로는 이 말을 해야지 싶었는데 입은 제멋대로 튀어나온다. 아무래도 마흔 이후 내 상태는 온전치 않다. 그뿐 아니다. 매일 썼던 단어가 한참을 입에 맴돌다 주변 사람이 말해 줘서 어렵사리 넘어간 경우도 허다하다.

"나만 이러니?"

나이대가 비슷한 지인들에게 고민을 털어놓았다. 너 나 할 것 없이 모두 웃기고 슬픈 일화가 하나씩은 있었다. 한 동료는 스티브 잡스가 생각나지 않아서 "안경 끼고 목폴라 입은 남자분"이라고 급하게 대화를 마무리했다고 했다. 더 슬픈 사실은 대화를 나눴던 그 누구도 생각이 나지 않아 마지막까지 도와주지 못했다고 한다. 다른 지인은 TV 오디션 프로그램을 보다가 '박빙'을 '빅뱅'이라고 말하고, 또 다른 이는 '코로나'를 '콜레라'라고 말해 웃음거리가 됐다고 했다.

"뭐 어쩌겠어. 나이 탓이지."

다 나이 들어서 그런 거라며 입을 모았다. 그 말은 곧 마치 더는 손쓸 수 없다고 인정하는 듯했다.

'과연 나이 탓일까?'

순간 억울했다. 변명으로 들릴 수 있겠지만, 40대는 신경 쓸 일이 참 많다. 온전한 상태로 사는 게 만만치 않다. 직장과 가정에서 해결해야 할 일이 늘 산더미다. 기억력 향상에 힘쓸 시간이 턱없이 부족하다. 오늘도 나는 오만 가지 일을 멀티로 해야 했다. 매일 뇌는 혹사당한다. 틈틈이 핸드폰 일정표에 해야 할 일을 기록하지만, 못 하고 넘어가는 경우도 허다하다.

시계를 봤다. 숨 돌릴 틈도 없이 일하다 보니 어느덧 퇴근 시간이다. 집에 가는 길, 알람이 울렸다. '보험사에 보장 알아보기' 급히 보험사에 전화했다. 문의하니 추가 서류가 필요하다고 했다. 병원에 들러 서류를 요청했다. 대기만 30분이 넘었다. 기다리는 동안 엄마가 등이 계속 불편하다고 했던 말이 생각났다. 검색해 보니 검사를 종합적으로 해 봐야 한다고 한다. 잘 보는 병원을 몇 개 추려 놓았다. 그때 아이들 학원비 결제일이라며 문자가 왔다. 급히 병원 서류를 받고 학원으로 달려갔다. 수강료를 내고 나오려는데, 원장님이 아들만 수학 문제집이 없어 복사본으로 풀고 있다고 했다. 쥐구멍이라도 있으면 들어가고 싶다. 아들이 수학 문제집을 이전부터 사 달라고 했던 것을 깜박했다. '나중에 해야지' 하면 꼭 이 꼴이 난다. 칼바람 부는 길목에 서서 쿠팡 앱을 열었다. 오늘까지 기한 만료인 5천 원 할인 쿠폰이 떴다. 생필품까지 끌어다 모아 간신히 금액에 맞췄다.

추위가 뼛속까지 스며들었다. 오는 길, 마트에서 달걀이 할인 중이다. 마침 달걀이 떨어졌는데 잘 됐다. 달걀 한 판 사서 들고 걸어가는데 전화가 울렸다. 학부모님이었다. 일이 잘 해결됐다고 생각했는데, 아니었나 보다. 한 손은 달걀, 다른 한 손은 전화기를 들고 길에서 30분 넘게 통화를 했다. 손가락이 얼얼해서 감각조차 없다. 파김치가 되어 집으로 돌아왔다. 부모 동의가 필요한 가정통신문이 식탁 위에 놓여 있었다. 대충 사인해서 아들 가방 안에 쑤셔 넣었다. 오늘도 '한도 초과'다. 더 이상 가져다 쓸 뇌가 없다. 매일 겪는 아주 흔한 일상이다.

숨이 찰 지경으로 오늘을 보냈다. 남부럽지 않게 열심히 살았다. 그런데도 "오늘 뭐 했어?"라고 누군가 물으면 멍해졌다. 뇌를 '혹사'만 시켰지, '사용'하지는 않았기 때문이다. 쓰지 않으니 쪼그라드는 것은 당연했다. 더 늦기 전에 뇌를 사용하는 루틴이 필요했다.

마흔 이후 블로그를 시작했다. 글쓰기를 통해 그날 유의미했던 일을 떠올렸다. 네이버 아이디만 있으면 나 같은 컴맹도 시작할 수 있었다. 가족과 함께 간 여행지, 주말마다 읽은 책, 출근길에 만났던 풍경, 아이들과 함께 나눈 이야기 등 블로그에 포스팅하려면 어떻게든 기억해 내야 했다.

처음에는 쉽지 않았다. '오늘 내가 뭐 했더라?' 하며 한참을 생각했다. 처음에는 백지상태지만, 쓰다 보면 뭐라도 쓰게 됐다. 그날 하루를 떠올리는 과정은 꽤 유익한 일과였다. 어찌 됐든 매일 같은 시간대에 앉아 그날 하루를 더듬으며 글로 담아냈다. 일기뿐만 아니라 책 한 권을 읽더라도 느낀 점 몇 줄이라도 남겼다. 강연을 들으면 좋았던 점과 나에게 활용하면 좋은 팁들을 적어 보았다. 내 식으로 해석해서 글로 재생산해 내는 과정은 분명 기억에 오래 남았다. 뇌를 자극하는 하나의 방법이었다. 수동적으로 정보를 듣는 것보다, 능동적으로 나만의 글로 정리하는 작업은 뇌 운동에 최적이었다. 다른 신체 기관과 마찬가지로 뇌도 자주 사용하지 않으면 퇴화가 빨라진다고 한다. 마흔 넘어, 매일 글을 써야 할 분명한 이유가 생겼다.

글이라면 질색인 남편도 요즘 블로그를 시작했다. 이웃이 열 명 남짓이다. 나를 제외하면 대부분이 광고 마케팅 이웃이다. 남편이 블로그를 쓰고 있는데 내가 계속 서성거리고 있었다.

남편이 묻는다.

"왜? 또 어디에 뒀는지 생각이 안 나?"

씩 웃었다.

더 이상 '나이 탓'을 하지 않았다.

♥

너희도 엄마처럼 살아

바람이 차다. 창가 쪽 동료에게 창문 좀 닫아 달라고 부탁했
다. 가을로 접어들고 아침저녁으로 꽤 쌀쌀하다. 게다가 오늘
은 비까지 추적추적 내리고 있었다. 창문을 닫으며 동료 표정
이 좋지 않다.

"어휴. 춥다고 느낄 때마다 우리 아들 걱정돼 죽겠어. 얇은 거
입혀서 보냈는데…."

그러자 옆에 동료도 딸내미 패딩 입히고 싶었는데, 딸이 고집
피우고 그냥 갔다며 창문 밖을 몇 번이고 내다본다. 모두 하
나같이 본인이 아닌, 추위에 떨고 있을 아이들을 걱정하고 있

었다. 훈훈했다. 순간 나도 '엄마'인지라 아이들 옷을 떠올려 봤다. 생각이 나지 않았다. 이유는 간단했다. 늘 본인들 옷은 스스로 선택하기 때문이다. 아지랑이가 피어오르는 봄날, 바닥을 다 쓸고 다닐 만한 롱 패딩을 입고 가면 '더우면 벗겠지' 하며 굳이 봄옷을 강요하지 않았다. 한파 예보가 있는 날, 목이 휑하게 패인 맨투맨 티를 걸치고 나가면 '정 추우면 다음에 따뜻하게 입겠지'라며 내 뜻대로 입히고 싶은 마음을 꾹 참았다. 한두 번 말할 때도 있었지만 대부분 그러려니 했다. 미취학이 아닌 이상, 옷을 직접 고르는 루틴 또한 '공부'라고 생각했다. 덕분에 아이들은 외출 전, 일기 예보를 알아보는 습관이 생겼다.

몇 달 후면 방학이다. 목이 빠지게 기다린 방학. 나의 방학과 아이들 방학 일정이 다 제각각이었다. 모두 시간을 맞춰서 간다면 길게는 불가능했다. 올레길을 여러 코스로 걷고 싶은데 짧은 일정으로는 아쉬웠다. 늘 그렇듯 아이들에게 양해를 구했다.

"엄마는 먼저 제주도로 갈게! 졸업식은 미안한데, 못 갈 것 같아."

괜찮다고 할 줄 알았던 아들 눈에 눈물이 맺혔다. 당황했다. 아들은 손등으로 눈물을 닦았다. 가슴이 미어졌다. 그런데… 올레길 여행을 포기한다고 생각하니 심장이 쪼개질 것 같았다. 엄마가 이 여행을 얼마나 기다렸는지 알고 있지 않냐며 최대한 불쌍한 표정으로 호소했다. 아들은 평생 한 번밖에 없는 졸업식이라며 간신히 참고 있었던 눈물을 터트렸다. 난감했다. 아들 녀석이 이렇게 나올 줄은 예상 못 했다. 어지간히 서운한가 보다. 나도 물러서지 않았다. 제주도 여행 일정을 바꿀 생각은 없었다. 대신 최대한 알아듣게 타일렀다.

"엄마 졸업식은 아니잖아. 스스로 학교생활 마무리하는 것도 좋은 추억이야!"

조용히 듣고 있던 딸이 고개를 절레절레한다. 작년 딸 졸업식 때도 나는 눈발을 맞으며 올레 10코스를 걷고 있었다. 엄마가 오지 않는 사람은 자기뿐이었다며 한숨을 길게 쉰다. 그때 생각하면 동생이 지금 어떤 기분인지 알겠다며…. 진퇴양난이다. 지원군이 필요했다. 남편은 이런 일이 한두 번이 아니니 놀랄 것도 없다는 표정으로 히죽히죽 웃고 있다. 당최 도움이 안 된다. 눈을 흘겼다. 뮤지컬 덕후 딸에게 질문을 했다. 기다리고 기다리던 뮤지컬 공연 날에 네 아이 졸업식하고 겹친다면 어떤 선택을 할 건지.

"당연히 뮤지컬이죠. 와! 그렇게 질문하니까 이해가 금방 돼요."

희망이 보인다. 천문학을 좋아하는 아들에게 연달아 물었다.

"학수고대하던 별자리 탐방 날이 네 아들 졸업식이라면?"

아까보다는 조금 수그러진 표정이다. 역지사지로 물으니 조금은 이해가 됐을까? 사실 아빠도 있고 이모 게다가 할머니까지 다 가지 않냐며 이번만 어떻게 좀 봐 달라고 했다. 아들은 입을 굳게 다문 채 방에 들어갔다.

마음은 아팠지만, 여행을 늦추고 싶지 않았다. 매일 기도했다. 할 수만 있다면, 졸업식도 여행도 가게 해 달라고. 그런데 진짜 여행만큼은 꼭 계획대로 떠나게 해 달라고. 간절한 마음이 통했을까? 운 좋게 졸업식이 당겨졌다. 바라는 대로 졸업식도 여행도 둘 다 갈 수 있었다. 끝까지 여행 일정을 바꾸지 않길 정말 다행이었다.

"엄마 없어도 괜찮지? 일어나서 꼭 밥 먹고 가!"

임용고시 전날 밤, 외가에 간 엄마에게서 전화가 왔다. 서울에서 내려온 이모들이 나이트클럽에 가자고 한다며, 내일 꼭 밥 챙겨 먹고 나가라고 신신당부했다. 내가 시험 보지 엄마가 보

는 거냐며 걱정하지 말라고 했다. 알람을 두세 개 맞춰 놓고
잤다.

학창 시절, 우산이 없는데 비가 오는 날은 어김없이 심장이
쿵쿵거렸다. 생업에 바쁜 엄마는 당연히 오지 않을 거라는
것을 알았다. 그날은 비를 제대로 맞으며 자유를 만끽하는
날이었다. 친구들과 웅덩이에서 흙탕물을 튀기며 작정하고
놀았다. 유년 시절 그 추억 덕분에 지금도 비가 오면 심장이
두근거린다.

딸은 셔틀이 없는 학원에 다닌다. 초등학생 때부터 왕복 한 시
간이 넘는 거리를 걸어 다닌다. 가는 길에 호수도 있고 숲길도
있다. 산책할 겸 충분히 걸어도 된다고 생각했다. 무엇보다 학
원 데려다주면서 금쪽같은 내 시간을 흘려보내고 싶지 않았
다. 딸 역시 태워 달라는 말을 하지 않았다. 나도 딸도 모두 당
연하게 여겼다. 나중에 알았다. 멀리서 사는 수강생 중 걸어
다니는 아이는 우리 딸밖에 없다는 사실을…. 대부분 부모가
데려다준다고 했다.

'내 모성이 남들과 다르구나.'

그날은 한 치 앞이 보이지 않게 폭우가 내렸다. 딸은 그날도 집까지 걸어왔다. 바람이 거셌는지 머리카락이 흠뻑 젖어 물이 뚝뚝 떨어졌다. 오느라 고생했다며 양념치킨 한 마리를 시켜 주었다. 매콤 달콤한 향과 맛이 군침을 돌게 했다. 아들은 남편에게, 딸은 나에게 닭 다리를 건넸다. 우리 집 무언의 규칙이다. 닭 다리는 무조건 나와 남편이 먹는다. 오늘은 기분이다. 통 크게 닭 다리를 아이들에게 양보했다.

"오늘은 닭 다리 하나 잡고 뜯어봐!"

"정…말요?"

믿지 못하는 눈치다. 아들은 만세를 부르고, 딸은 엉덩이춤을 춘다. "이게 웬 떡이냐?" 하며 닭 다리를 뜯으며 황홀한 표정을 짓는다. 아들은 확실히 닭 다리가 야들야들하니 맛이 좋다며 너스레를 떤다.

주변에 자녀를 키우며 부족하다며 자책하는 엄마들을 많이 본다. 나 역시 못난 엄마라며 나를 책망한 날이 많았다. 나를 탓하면 탓할수록 좋을 게 없었다. 위축되는 날은 그 기분은 고스란히 아이들에게 갔다. 정작 아이들은 엄마가 부족한지 완벽한지 관심 없었다. 그저 '행복한' 엄마를 원했다. 내가 행복해지기로 했다. 이후 이기적으로 살려고 노력했다. 남들은 그렇게 하려고 해도 잘되지 않는다고 하지만 나는 대체로 쉬웠다. 기준이 분명했기 때문이다.

기준은 '나'였다. 내가 행복한지, 괜찮은지 그리고 후회가 없는지 나에게 늘 물었다. 덕분에 완벽한 엄마는 아니었지만, '행복한' 엄마였다. 내가 즐거우니 아이들에게도 짜증 섞인 말로 대한 기억이 별로 없다. 웃는 모습을 자주 보여 주다 보니 아이들은 자기들 덕분에 엄마가 행복한 거라며 늘 뿌듯해한다. 자기가 세상에 태어나지 않았더라면 큰일 날 뻔했다면서, 태어나주길 정말 잘했다나 뭐라나. 아이들은 아이들대로 자존감이 높다. 서로가 윈윈이다.

마흔 넘어 돌이켜 보니 더욱더 확고해진다. 적어도 나에게는 이기적인 모성이 나쁘지 않았다. 그리고 나에게 말해 주고 싶다. 나에게 잘해 줘서 고맙다고. 앞으로도 쭉 이기적일 계획이다. 어제는 여행 수필을 읽고 있는데 딸이 다가와서 물었다.

"엄마! 혹시 제가 고3이어도 배낭여행 갈 거죠?"

"당연하지! 엄마가 고3은 아니잖아!"

그럴 줄 알았다며 지금부터 요리를 몇 개 더 배워 둬야 할 것 같다고 한다. 닭 다리 먼저 먹는 엄마, 절대 태워다 주는 법이 없는 엄마, 졸업식보다 여행 일정이 더 중요한 엄마. 이런 철부지 엄마 만나서 녹록지 않았다며 나중에 한 맺힌 하소연을 듣지 않을까 싶다. 그러면 그때 자신 있게 말해 줘야지.

"너희도 엄마처럼 살아!"

마지못해

새벽 다섯 시, Jeremy Zucker의 〈comethru〉 노래가 울린다. 며칠 전, 좀 더 기분 좋게 일어나려고 심사숙고 끝에 바꾼 알람이다. 이 노래도 머지않아 싫어하게 될 것 같은 슬픈 예감이 든다. 즐겨 듣던 노래도 알람으로 정하는 순간 더는 애청곡이 아니다. 어김없이 어제와 같은 고민을 한다.

'좀만 더 누워 있을까?'

'좀 더 잔다고 큰일 나는 것도 아닌데….'

몸을 두세 번 꽈배기처럼 비튼다. 그리고 해괴망측한 곡소리를 토해낸다. 필사적인 몸부림 끝에 결국 마지못해 일어난다.

늘 똑같다. 한 번도 상쾌하게 기지개를 켜며 아침을 맞이한 적이 없다. 게슴츠레 실눈을 하고 거실 조명을 켠다. 훅 들어오는 불빛에 잔뜩 찌푸린다. 의식이 흐릿한 상태로 더듬더듬 거실 책상으로 걸어가 핸드폰을 끈다.

욕실 불을 켠다. 지나치게 밝다. 눈이 부셔 얼굴을 찡그린다. 매일 아침 얼굴을 구긴 탓에 미간 주름이 더 짙어진 듯하다. 새벽 기상의 훈장이다. 칫솔에 치약 적당량을 짜서 위아래로 이를 닦는다. 거울에 비친 얼굴을 무표정으로 응시한다. 무념무상이다. 혀까지 꼼꼼하게 닦고 입을 헹군다. 마지막으로 미지근한 물로 세수한다.

찬물은 잠이 인정사정없이 달아나니 차마 못 할 일이다. 마음의 준비가 필요하다. 별 차이 없겠지만 나에게는 별 차이다. 비로소 흐리멍덩한 정신이 깬다. '처절한' 아침이다. 수건으로 물기를 대충 닦고 다시 얼굴을 본다. 무색 무향 로션을 손바닥에 덜어 대충 얼굴에 문지른다. 기초화장은 끝났다.

전기 포트에 물을 담고 'ON' 버튼을 누른다. 요란한 소리와 함께 끓기 시작한다. 기다리는 동안 싱크대에 양손을 얹고, 다리는 어깨너비로 벌려 등을 숙인다. 발끝도 올렸다 내렸다 반복한다. 물은 열과 성의를 다해 끓는다. 멍하니 바라본다. 오늘도 보글보글 끓는 열정으로 살라며 응원해 주는 것 같다. 스트레칭으로 굳었던 몸에 활력을 넣는다. 오늘 하루도 힘차게 시작해 보고 싶은 마음이 생긴다.

머그잔에 뜨거운 물 반, 차가운 물 반을 붓는다. 먹기 딱 좋은 온도로 따뜻한 물이 된다. 머그잔을 손바닥으로 감싸들고 베란다로 나간다. 발바닥에 찬기가 올라온다. 쌀쌀한 바깥 기운이 그나마 남아 있던 잠을 달아나게 한다. 비로소 완벽하게, 개운하게 잠이 깼다. 맞은편 불 켜져 있는 몇몇 집들이 보인다. 늘 같은 집이다. 새벽을 여는 동지들이다.
'저 사람들은 왜 일찍 일어날까?'
이런저런 생각을 하며 캄캄한 베란다에 앉아 물을 후후 불어가며 홀짝홀짝 마신다. 공복에 마시는 따뜻한 물이 온몸을 녹여 준다. 허리를 곧게 세우며 앉는다. 눈을 감고 코로 숨을 천천히 그리고 깊게 들이마신다. 잠깐 멈춘 다음 입으로 길게 내뱉는다. 생각이 딴 데로 새어 나가기도 하지만 그냥 놔둔다. 온전히 집중할 수 있는 1분이라도 있었다면 그걸로 만족이다.

새벽이 아니면 결코 만날 수 없는 시간이다.

명상이 끝나면 책을 펼친다. 기억하고 싶은 문장은 독서 노트에 적어 놓는다. 30분 독서가 끝나면 노트북을 켠다. 심호흡을한 번 크게 내뱉는다. 본격적인 '좌절'을 만나는 시간이다. 어제까지 써 놓은 글을 나지막하게 소리 내어 읽어 본다. 여지없이 부족하다. 다시 고쳐 쓴다. 퇴고만 몇 번째인 줄 모르겠다. 이 단어가 나을까? 저 단어가 좀 더 자연스러울까? 수도 없이 고민한다. 수식어가 과해 보여 삭제하니 또 허전하다. 끝이 없다. 한 시간 반쯤 몸부림을 한 결과 오늘 간신히 글 하나를 마무리했다. 아마 내일이 되면 또 고치고 싶을 수도 있다. 그래도 저장 버튼을 눌렀다. 그제야 허리 뻣뻣함이 전해진다.

"휴! 끝났다."

시원하게 허리를 뒤로 젖힌다. 살 것 같다.

깍지를 끼고 기지개를 늘어지게 켰다. 마음 편하게 오늘을 시작할 수 있겠다. 자고 있던 아들이 깼다. 눈이 반쯤 감겨 안아 달라며 팔을 벌리며 나온다. 그 모습이 귀여워 견딜 수가 없다. 바로 달려가 볼을 세차게 비비며 꼭 안아 주었다. 밤새 보고 싶었던 만큼 뽀뽀 세례를 퍼붓는다. 감사와 행복에 겨운 아침이다. 오늘을 '이긴' 달콤한 대가다.

시간이 넉넉하니 직장까지 걸어간다. 한 시간이 걸린다. 걷는 동안 전자책이나 음악을 듣는다. 마지못해 일어난 지 어영부영 2년이 넘었다. 몸이 아프면서 중간중간 깨는 날이 많아졌다. 어차피 못 자는 시간, 그 시간에 차라리 뭐라도 해야지 싶었다. 남들이 말하는 미라클 모닝을 그렇게 시작했다.

"어떻게 그렇게 벌떡 일어나?"

남편은 신기한 듯 물었다. 방금 '벌떡'이라고 했나? 속 모르는 소리다. 그 몇 초 사이에 얼마나 많은 유혹을 뿌리치고 일어나는지 상상도 못 할 것이다.

이토록 처절하게나마 새벽에 일어나는 이유는 간단하다. 나다운 삶을 사려면 온전한 '내 시간'이 필요했다. 꾸준히 배우고 성장하고 싶었다. 마흔이라는 두 번째 청춘에 예를 다하고 싶었다. 이왕이면 좋아하는 일을 잘하고 싶었다. 마흔 넘어서 내가 원하는 삶을 살아갈 수 있는 유일한 방법이었다.

아이를 키우면서 일하고 돌아오면 저녁에는 피곤함에 지쳐 이내 곯아떨어졌다. 손가락 하나 까닥할 힘이 없을 때도 많았다. 늘 '해야 할' 일을 처리하느라 숨이 찼다. 살아지는 삶이었다. 하루 24시간 중 결국 비집고 들어갈 시간은 '새벽'뿐이었다. 처음에는 순조롭지 못했다. 늦게 자고 늦게 일어나는 나에게 새벽 기상은 생체리듬을 거스르는 신체적 학대였다. 입안에 혓바늘이 나고 쏟아지는 잠을 견디며 종일 버텼다. 만만치 않았다.

지금도 실패하고 성공하기를 반복 중이다. 무슨 부귀영화를 누리겠다고 이렇게까지 해야 하나 마음이 약해지기도 한다. 그런데도 포기할 수 없었다. 조금씩 내가 달라지고 있었기 때문이다. 독서, 글쓰기, 걷기, 전자책 듣기 등 하루에 해야 할 대부분의 일을 아침에 끝낼 수 있었다. 성취감으로 하루를 시작했다. 티가 나지 않는다고 생각했지만, 티가 났다.

매일 명상하다 보니 신경을 쓰지 않았던 내 호흡을 의식하는 습관이 생겼다. 책을 매일 읽다 보니 저자의 좋은 말은 어떻게든 내 생활에 적용해 보려고 노력했다. 매일 글을 쓰다 보니 하루가 좋으면 좋은 대로, 힘들면 힘든 대로 다 의미가 있었다. 매일 걷다 보니 건강도 좋아지고 사색의 시간도 가질 수 있었다. 종아리 근육처럼 마음 근육도 단단해지기 시작했다. 걸으면서 매일 듣는 오디오북은 무제한으로 들을 수 있으니 잘 읽지 않았던 장르도 쉽게 접할 수 있었다. 중요한 일로 시작하는 하루는 '나다운' 삶을 살게 해 주었다. 온전히 나를 만나는 새벽 시간 덕분이었다. 결국, 마지못해 매일 일어났고, 꾸역꾸역 지금까지 잘 살고 있다.

내일도 '마지못해' 일어날 것이다.

사랑하기 딱 좋은 나이

오늘은 일이 일찍 끝났다. 날씨가 쓸데없이 좋다. 뭐라도 쓸데 없는 일을 해야겠다. 마침 보고 싶었던 영화가 있다. 고민 없이 가장 만만한 사람에게 전화했다. 그와 함께 노는 게 제일 재미있다. 16년째 나와 함께 살고 있는 벗이다.

"나랑 놀자!"

남편은 갑작스러운 부름에 흔쾌히 다른 일 다 제쳐 놓고 자전 거를 타고 바람처럼 와 주었다. 아빠에게 물려받은 녹이 슨 자 전거지만 급한 일 있을 때 요긴하게 쓰인다며 싱글벙글한다. 자전거를 주차하고 극장 앞에 있는 나를 보더니 환하게 웃으며 뛰어온다. 남편 버릇이다. 늘 나를 보면 달려온다. 급한 일이 있는 것도, 늦은 것도 아닌데, 공연히 심장이 일렁인다.

극장은 꽤 오랜만이다. 20대로 보이는 젊은 커플들이 대부분이다.

'우리도 저럴 때가 있었는데….'

풋풋했던 20대에 만나 지금은 벌써 40이 넘었다. 희끗희끗 제법 흰머리도 보이고, 웃을 때 눈가 주름이 누가 먼저랄 것도 없이 선명하다. 함께한 시간만큼 이제는 눈빛만 봐도 통한다. 표를 사고 30분 정도가 남았다. 남편은 캐러멜 맛 팝콘 콤보 세트를 사서 들고 온다. 달콤한 냄새에 덩달아 달곰해졌다. 영화가 친절한 영화는 아니었다. 오히려 고마웠다. 이해하기 힘든 장면은 남편이 귓속말로 곰살맞게 설명해 주기 때문이다. 다행히 사람이 별로 없는 시간대라 중간중간 물어볼 수 있었다. 그때마다 남편은 내 쪽으로 몸을 기울여 성심성의껏 답해 주었다. 좋아하는 장르가 아니어도 흔쾌히 보는 이유다. 그의 별거 아닌 배려가 나에게는 별거다.

영화는 꽤 만족스러웠다. 남편이 수시로 알려 준 덕분에 두 시간이 무색할 정도였다. 늘 그렇듯 영화가 끝나고도 끝난 게 아니었다. 이때부터가 진짜 시작이다. 영화관에서 빠져나와 그제야 마음 놓고 물어봤다.

"진짜? 그 장면이 그런 뜻이었어?"

놓쳤던 장면을 비로소 퍼즐을 맞출 수 있었다. 남편은 신이 나서 역사적 배경까지 덧붙여 설명해 준다. 남편 주머니에 한 손을 끼워 넣고 함께 걸어가고 있었다. 그때, 독특한 실내장식의 칵테일 바가 눈에 들어왔다. 남편을 쓱 쳐다봤다. 역시! 마음이 통했다. 오늘은 칵테일 바 데이트다.

"또 우리 빼고 데이트하죠?"

둘째에게 전화가 왔다. 귀신같이 어찌 알고, 토라진 말투로 언제 올 거냐고 난리다. 오늘은 엄마, 아빠 데이트하니 김치찌개 데워서 먹으라고 했다.

손님은 우리밖에 없었다. 바텐더에게 칵테일을 추천받고 싶어 스탠드바에 앉았다. 바텐더는 어떤 맛을 좋아하는지 물었다. 남편은 살짝 달콤한 게, 나는 상큼한 게 끌린다고 했다. 남편에게는 달콤한 커피 풍미가 있는 블랙 러시안Black Russian을, 나에게는 신선한 과일 맛인 코즈모폴리턴Cosmopolitan을 추천해 주었다. 오늘 남편의 칵테일 취향을 알게 됐다. 기분 좋은 수

확이다. 남편은 나에게 칵테일이 입에 맞는지 묻는다.

칵테일을 홀짝이며 다시 본격 수다를 시작했다. 오늘 마침 배고팠는데 동료가 빵을 줬다느니, 출근길에 들었던 노래가 알고 보니 연애 때 즐겨들었던 음악이었다느니…. 시답잖은 주제에 서로 격한 반응을 보이며 한참을 대화했다. 잔을 부딪치며 평생 이렇게 재미있게 살자며 의기를 투합했다. 대화를 듣고 있던 바텐더가 신기한 눈빛으로 물었다.

"부부가 어떻게 이렇게 쉼 없이 대화할 수 있어요?"

잠시 생각했다. 이 말이 가장 적당할 듯 같았다.

"음… 감히 서로에 대해 '다' 안다고 생각하지 않아요."

사실 그렇다. 16년째 남편을 '알아가는' 중이다. 그래서 궁금해한다. 아니, 궁금해하려고 노력한다. 방금 봤던 영화는 어떻게 봤는지, 지금 칵테일은 입에 맞는지, 오늘 하루는 힘들지는 않았는지…. 남편 역시 나처럼 노력해 준다. 감사한 일이다. 사실 살다 보면 더 이상 상대방을 궁금해하지 않는다. 다 안다고 착각한다. 한번은 지인이 뭘 그렇게까지 시시콜콜하게 물어보냐며 의아해한 적이 있다. '의외의 소득'이 생긴다. 남들이 말하는 뭐 그런 소소한 것까지 묻다 보면 몰랐던 사실을 알게 된다. 동시에 대화 소재가 끝이 없다. 덕분에 더없는 대화 친구다. 사실 호르몬 관점에서 사랑의 유효 기간은 18개월에서 30개월 정도다. 결혼생활 16년 차다. 지금까지 설레면 병원 가봐야 한다. '노력'이다. 당연히 '그러겠지'라고 대충 넘겨짚지 않는다. 귀찮더라도, 시간이 걸리더라도 물어본다. 아직도 종종 놀란다. '당연히 이 사람은 그렇게 생각하겠지'라고 단정을 지었다가 생각과 달랐을 때 또 한 번 반성한다.

.

마흔쯤, 남편과 단둘이 있는 시간이 서서히 생기기 시작했다. 주말에도 아이들은 친구들과 약속 있다며 하루 종일 나가 놀았다. 기묘한 배신감이 들었다. 앞으로 더더욱 둘만 있는 시간이 많아질 듯했다. 그 시간을 이왕이면 잘 보내고 싶었다. 우선 그동안 아이들 때문에 할 수 없었던 것들을 해 보기로 했다. 가끔 집이 아닌 밖에서 만났다. 퇴근 시간에 맞춰 직장 앞에 찾아갔다. 연애 때로 돌아간 것처럼 괜히 설레어 만나기 전 화장을 고치기도 했다. 둘이 데이트할 때만큼은 가성비를 생각하지 않았다. 가격대가 있더라도 먹고 싶은 메뉴는 함께 맛보며 데이트를 즐겼다. 주말에 아이들이 시험 기간이라며 여행이 힘들다고 하면 오히려 잘 됐다며 단둘이 여행을 갔다.

지금도 틈만 나면 둘이 재미있게 놀 궁리를 한다. 아이들이 독립했을 때 우리가 하고 싶은 일들을 함께 적어 보기도 한다. 우선 배낭여행으로 세계를 1년 동안 함께 다니기로 했다. 또 기회가 된다면 산티아고 순례길을 걷고 싶다. 제주도 마당 있는 집을 사서 게스트하우스를 차리고 싶다. 남편은 좋아하는 개를 키우며 손님방을 청소하고 나는 경영을 담당하기로 했다. 그리고 내가 노후에 글을 쓰고 강연하면, 남편은 매니저 겸 기사를 해 주기로 했다.

나중에 아이들은 품에서 떠난다. 결국 우리 둘만 남는다. 그래서 나는 남편과의 관계에 훨씬 많은 공을 들인다. 내 사람에게 잘하니 결국 내가 좋았다. 주변에 아이들 위주로 살다가 덩그러니 남편과 단둘이 남으면서 서로 데면데면하다는 사람들을 많이 봐 왔다. '같은 집에 사는 타인'일뿐이라는 말도 들었다. 철저하게 '부부 중심'으로 살았다. 치킨 다리는 남편과 내가 먹고, 식당 메뉴도 대부분 우리 위주로 주문했다.

모유 36개월을 하면서도 각방을 쓴 적이 없다. 보통 아이가 생기면 수유 때문에 각방 쓰는 경우가 흔하다고 들었다. 절대 있을 수 없는 일이다. 새벽에 침대와 바닥을 수십 번 왔다 갔다 해도, 불편하다고 생각해 본 적 없다. 남편은 남편대로 아기 우는소리에 잠을 못 잤지만, 아내가 얼마나 고생하는지 쭉 봐 왔기에 미안해하고 고마워한다. 나 역시 새벽에 잠이 깨도 불편한 내색 없이 늘 옆에서 도와주려고 했던 남편이 미안하고 고맙다. 각방을 썼더라면 훨씬 편했을 법도 했지만, 자녀를 함께 키우는 희로애락은 공유하지 못했을 것이다.

지금도 상대에게 촉을 기울이며 살고 있다. 덕분에 남편과 나는 다 안다고 상대를 함부로 대하지도 않고, 그렇다고 또 아는 게 없어 어색해하지도 않는다. 마흔이야말로 제대로 친해질 기회다. 놓치면 후회한다.

마흔! 사랑하기에 딱 좋은 나이다.

아름다운 일은 계속 있을 거라며

며칠 전, 벚꽃이 망울을 터트리더니 지금은 만개다. 찬란하다. 난데없이 슬프다. 한동안 넋을 놓고 바라본다.

'내 계절은 이제 봄은 아니겠지?'

마흔이 넘으니 청승맞은 생각이 한 번씩 든다. 연둣빛 새싹이 돋아나는 봄은 분명히 아니고, 그렇다고 녹음이 울창하고 매미 소리가 쩌렁쩌렁한 여름은 지났을 것 같고…. 봄과 여름이 지나가면 가을과 겨울인데, 가을과 겨울을 생각하면 왠지 처연하고 쓸쓸하다. 앞으로 남은 계절을 어떻게 살아야 할지 생각이 많아진다.

그때, 베란다 문 사이로 바람과 함께 벚꽃이 자기 할 일은 다 끝냈다는 듯 미련 없이 갈지자로 사선을 그리며 떨어지고 있었다. 마음 같아서는 조금만 더 오래 피어 있으면 좋으련만 야멸차게 떨어지는 벚꽃이 못내 아쉽다. 예전에는 이맘때가 되면 〈벚꽃 엔딩〉을 흥얼거리며 벚꽃을 귀에 꽂고 사진 찍기에 바빴다. 요즈음은 '찰나'에 지나지 않는다는 것을 알기에 괜히 조급하다.

"떡갈비 사 줄 테니 나올래?"
엄마에게서 전화가 왔다. 뜬금없는 데이트 신청이다. 연유를 물었다. 무릎 수술을 앞두고 자식, 손주들에게 맛있는 한 끼를 사 주고 싶다 했다.
엄마는 며칠 전 무릎 퇴행성 관절염으로 인공관절 무릎 수술 선고(?)를 받았다. 엄마에게는 말 그대로 '선고'였다. 수술 후에는 지금 누리고 있는 일상을 예전처럼 만끽할 수 없을 것만 같았나 보다. 주변에서 수술 예후가 좋지 않아 꽤 오랜 시간 누워 있거나, 합병증으로 재수술까지 받는 사람들을 종종 봐 왔던 터라 수술만큼은 최대한 미루고 싶어 했다. 통증이 극심할 때는 약물이나 주사로 버티고 버텼는데 그마저도 소용이 없었나 보다. MRI 사진으로 보는 엄마의 무릎은 연골이 다 닳아 있었다. 보는 내가 무릎이 시큰했다.

엄마는 많은 것을 내려놓아야 했다. 친구들과 동네 식당에서 점심 특선 수제비 먹는 재미도, 아웃렛 세일 때 한 철 옷을 쇼핑하는 보람도, 분기별로 버스 타고 계모임 나가는 즐거움도 포기해야 했다. 결국 긴 고민 끝에 수술을 결정했다. 이후, 엄마의 얼굴은 매일 수심으로 가득했다. 묻지 않아도 알 것 같았다. 완전히 회복하기까지 시간이 걸릴 수 있으니, 수술 전까지 엄마는 못다 한 것들을 하고 싶은 듯 보였다.

"언제 갈지도 모르는데 너희들에게 해 주고 싶은 거 다 해 주고 싶어."

정말이지 누가 보면 시한부 선고라도 받은 줄 알겠다. 별거 아닌 일에 왜 그리 걱정을 사서 하냐며 툴툴댔지만, 사실 나 역시 마음이 가볍지 않았다. 아빠를 떠나보내고, 엄마도 편찮은 날이 많기에 마음이 편치 않았다. 오늘은 왠지 거절하면 안 될 것 같다. 해야 할 일도 있었지만, 다음으로 미루고 서둘러 나갔다.

떡갈비가 유명한 담양으로 갔다. 벚꽃 마지막을 구경하려는 사람들로 어딜 가나 사람들로 북적였다. 도로에는 핑크빛 벚꽃이 물결처럼 너울거렸다. 도착한 곳은 가격대가 있는 떡갈비 식당이었다. 엄마는 자리에 앉자마자 메뉴판을 보지도 않고 서둘러 종업원을 불렀다.

"한우 떡갈비 넉넉히 주세요."

인원 수보다 더 많은 양을 시켰다. 다 먹지도 못한다고 말렸지만 이미 늦었다. 게다가 음료수까지 부족하지 않게 달라고 한다. 눈을 흘기며 엄마를 쳐다봤다.

"쉿! 오늘은 아무 말 하지 마!"

평소 같으면 내가 내겠다고 고집을 피웠겠지만, 오늘은 그러지 않았다. 금세 각종 밑반찬과 따끈따끈한 떡갈비가 한 상 거나하게 차려졌다. 엄마는 먹기 좋게 떡갈비 한 점 떼어, 후 불어 식힌다. 그리고 손주 녀석 입에 넣어 준다. 새끼 새처럼 입을 쩍 벌리고 잘도 받아먹는다. 오물오물 씹으며 눈을 찡긋하며 엄지 척을 내보인다. 진정한 육즙이 살아 있다나 뭐라나. 근심이 가득했던 엄마의 얼굴에 함박웃음이 가득 차올랐다. 간만이다. 엄마의 찐 웃음이⋯. 정작 당신은 몇 점 드시지도 않고, 자식들, 손주 입에 넣어 주느라 분주했다.

어렴풋이 그 마음을 알 수 있을 것 같은 나이가 됐다. 엄마는 상추에 도톰한 떡갈비 두어 점에 마늘, 쌈장을 얹어 다 큰딸 입에 넣어 준다. 넙죽 받아먹었다. 양 볼에 가득 차서 터질 듯했다.

"오늘 너무 무리하는 거 아니야?"

말이 끝나기도 전에 엄마는 사위에게 줄 쌈을 연달아 싸고 있었다.

"수술 걱정에 며칠간 잠 한숨 못 잤는데 지금 이렇게 행복할 수가 없다."

식사를 마치고, 그냥 가기 아쉬워 근처 계곡으로 향했다. 바위 사이로 계곡물이 콸콸 흐르고 있었다. 아니나 다를까 아들 녀석은 얼른 내려가서 물놀이하자며 재촉했다. 문제는 내려가는 길이 험했다. 다리가 불편한 엄마가 내려가기에는 무리인 듯했다. 아쉬운 대로 계곡 입구에 자리를 잡았다. 간신히 발만 담글 정도의 얕은 물만 있었다. 물놀이하고 싶었을 손주에게 엄마는 연신 미안해했다. 속 깊은 아들은 괜찮다며 오히려 엄마를 위로했다.

그때였다. 바람이 세차게 불더니 하얀 잎이 눈발처럼 휘날렸다. 이내 곧 꽃잎은 계곡물 위에 수를 놓았다. 아래로 내려간 사람들은 보지 못했을 장관이었다. 아들은 우리에게만 벚꽃이 유독 많이 쏟아진다며 환호성을 질렀다. 옆에 엄마를 바라봤다. 엄마는 고개를 들어 눈을 지그시 감고 흩날리는 벚꽃을 흠뻑 맞고 있었다.

"떨어지는… 벚꽃도 아름답구나!"

엄마의 목소리가 미세하게 떨렸다. 그 말은 쓸쓸했고 찬란했다. 마치 떨어지는 벚꽃처럼. 엄마가 늘 하시는 말씀이 있다.

"이 나이에 예쁜 걸 보면, 또 언제 볼 수 있겠느냐는 슬픈 생각이 들어. 그러니 지금을 살아."

바람과 벚꽃은 어쩌면 유한한 삶을 살아가는 법을 말해 주는 듯했다. 늙고 아픈 것만 생각하면 한없이 슬프다. 하지만 벚꽃이 아름다우면 아름다운 대로, 바람이 불어 떨어지면 떨어지는 대로 그 순간을 만끽하며 살며 된다. 바람과 벚꽃은 알려 준다. 당신에게 아름다운 일은 계속 있을 거라고….

딱 그 마음만큼

'진짜 이번까지만이야.'

굳건하게 마음을 먹고 각 잡고 작업을 끝낸다. '저장'을 누른다. 다음 날 읽어 본다. 아니나 다를까 다시 손봐야 할 곳이 보인다. 도대체 이 짓을 언제까지 해야 하냐며 구시렁대며 키보드를 두드리고 있었다. 작업하는 소리에 아들이 깼다.

아들은 눈뜨자마자 잠옷 차림으로 곧장 베란다로 간다. 밤새 무탈하게 잘 있어 준 화분들에 아침 인사와 함께 물을 주기 위해서다. 키 큰 극락조와 몬스테라, 키가 중간인 아레카야자, 자그마한 크루시아 그리고 이름 모를 화분들까지… 그냥 물만 주는 게 아니다. '말'도 함께 준다. 키가 작은 화분에는 불편할 만큼 몸을 숙이고, 키 큰 화분에는 발뒤꿈치를 들고 손을 최대한 뻗어 인사를 한다. 세상에서 가장 예쁘고 고운 말들만 모아 물을 준다. "건강하게 잘 자라 줘서 고마워", "오늘도 행복해", "사랑하고 또 사랑해" 등등.

베란다를 통해 들려오는 아들 사랑 고백에 웃음이 번진다. 궁금했다. 어떻게 하면 식물을 그렇게 잘 키울 수 있는지 물었다. 사실… 난 마이너스 손이다. 멀쩡했던 것도 내가 손대면 다 죽어 나갔다. 아들은 당연한 것을 왜 묻는지 모르겠다는 표정이다. 극락조에 물을 한 번 더 주면서 말한다.

"마음을 많이 주면 잘 자라요. 딱 그 마음만큼만 자라거든요."

초등학교 2학년 때, 약간은 덥다고 느껴졌던 봄날이었다. 학교가 끝나고 시원한 하드 먹을 생각에 문방구로 달려갔다. 그날따라 유독 친구들이 문방구 앞에 많이 있었다. 골판지 박스 안에 샛노란 병아리들이 옹기종기 모여 있었다.

"삐약! 삐약!'

가슴이 울렁거렸다. 눈을 뗄 수가 없었다. 세상에 갓 나온 아가들이 아장아장 걷는 모습을 넋 놓고 봤다. 아저씨는 보기만

하는 내가 마땅치 않은 눈치였다. 그제야 상자에 검은색 매직 펜으로 크고 굵게 적은 것이 보였다. '300원' 딱 하드 사 먹을 돈이었다. 내적 갈등이 오고 갔다. 그때였다. 솜털이 유난히 보송보송하고 노오란 아이가 눈에 들어왔다. 이제 막 걸음마 를 배운 아가처럼 나에게 뒤뚱뒤뚱 다가오고 있었다.

"삐약! 삐약! 삐약!"

심장이 미친 듯이 두근거렸다.

"손바닥 쫙 펴 봐."

아저씨는 노련하게 집어 올리더니, 내 손바닥 위에 올려다 주 었다. 그 아이가 아프지 않을까 조마조마했다. 그 마음도 잠시 그 아이 발가락이 내 손바닥을 간질거렸다. 까르르 웃음이 터 져 나왔다. 눈을 보았다. 그 아이 눈이 내 눈 안으로 들어왔다. 종소리가 들렸다. 온 세상이 멈춘 듯했다. 하드와 고민할 이 유가 없었다. 아니, 고민했던 순간이 미안했다. 호기롭게 300 원을 꺼냈다. 그 무섭고 별로인 아저씨로부터 이 아이를 데리 고 왔다. 상자에 담아 집으로 오는 길, 혹여 빨리 걸으면 놀라 지 않을까, 한 걸음 한 걸음 조심스레 내디뎠다. 중간마다 잘 있나 확인도 했다. 볕이 뜨거우니 그늘만 골라서 걸었다. 평소 시간보다 두세 배 더 걸려 집에 도착했다.

'닭이 될 때까지 키워야지. 엄마가 되는 기분이 이런 기분일까?'

흥분되고, 설레고 또 두려웠다. 내가 키우는 첫 생명. 막중한 책임감을 느꼈다. 추웠는지 오들오들 떨고 있었다. 급하게 담요를 찾았다. 두툼한 분홍색 밍크 담요로 조그마한 그 아이를 덮어 주었다.

그때 언니가 방으로 들어왔다.

"야! 너 오늘 평소보다 늦게 왔네."

언니는 말할 새도 없이 그 담요 위에 철퍼덕 앉았다. 그 이후는… 말하고… 싶지 않다. 매일 밤, 꺼이꺼이 울었다. 엄마는 건강하지 못한 병아리들만 골라서 내다 판 거라며, 어차피 키웠어도 며칠 못 넘기고 죽었을 거라며 위로했지만, 그 사실은 중요하지 않았다. 나의 세심함이 부족했기 때문이었다.

그 이후, 금붕어, 햄스터, 거북이…. 죄다 내가 키우면 원인 모를 병으로 세상을 떠났다. 어디 동물뿐인가? 식물도 마찬가지였다. 봄이 되면 길가에 놓고 파는 화분들을 그냥 지나칠 수가 없었다. 화분을 사기 전에 꼭 하는 질문이 있다.

"사장님! 잘 안 죽는 거예요?"

사장님들은 하나같이 이렇게 말했다.

"어쩌다 생각날 때 물만 한 번씩 주면 잘 자라요."

생각날 때 물 주려고 베란다에 갔더니 이미 명을 다한 후였다.

'사장님! 나빠요!'

마지막으로 물 없이도 잘 자라는 선인장과 다육식물로 눈을 돌렸다. 진짜 마지막 시도였다. 물을 줘도 죽었고, 주지 않아도 죽었다. 뒤늦게 알았다. 흙이 말라 있으면 일주일 1회 정도 물을 주는 것이 적당하고, 물을 너무 많이 주면 뿌리가 썩어 죽을 수 있다는 것을….

아들은 달랐다. 털털하고 대중없는 엄마와 달리 훨씬 섬세하고 꼼꼼한 아이였다. 식물이든 동물이든 자기가 '키워야겠다'라고 마음먹으면 끝까지 책임을 다했다. 올바른 흙을 선택하고, 충분한 햇빛과 바람을 쐬게 해 주며, 물을 부족하지도 과하지도 않게 적절히 주었다. 수시로 카페나 커뮤니티에서 정보를 검색해서 그 아이에게 맞게 매번 적절한 돌봄과 애정을 쏟았다.

마흔이 넘어 글 쓰는 삶을 시작했다. 시간 대비 비효율적인 것을 싫어하는 성격 탓에 얼마 못 갈 걸로 생각했다. 그런데 글

쓰기는 달랐다. 마음을 쏟고 싶었다. 조사는 무엇을 쓰느냐, 어떤 단어를 넣느냐로 몇 시간을 고민한다. 이렇게도, 저렇게 도 수없이 고친다. 설상가상으로 허리 디스크까지 얻었다. 그 런데도 이 짓을 매일 새벽마다 하고 있다. 이런 티도 안 나는 과정을 누가 알아줄까 싶다. 도대체 언제까지 해야 하는지 모 르겠다며 구시렁거리며 글을 고친다. 한 번 하고 두 번 하고 세 번 하고 진짜 끝이라고 생각했는데 또 하고 있다. 그렇게 수많은 퇴고를 거쳐 완성된 글을 보면 확실히 느낀다.

'마음을 쏟은 만큼 글이 예뻐지는구나.'

남은 인생 후반부에는 마음을 쏟고 공들이며 살고 싶다. 삶이 기대보다 꽤 근사해질 것 같다. 내일 아침에도 아들은 세수도 하지 않은 채 베란다로 나가고, 나는 고쳐야 할 게 많다며 한 숨 쉬며 키보드를 두드리고 있을 것이다. 마흔 넘어 알게 된 진리 덕분에.

'딱 그 마음만큼만….'

위험하게 살고 싶다

"이번 사고는 우리 사회 만연해 있는 '안전불감증'을 상징적으로 보여 주고 있습니다."

텔레비전 뉴스에서 남자 앵커는 격양된 어조로 산사태 사고를 보도한다. '안전불감증'. 위험에 둔감해지거나 익숙해져서, 위험하다는 생각이나 의식을 못 하는 일이다. 위험에도 '나는 괜찮을 거야'라는 생각으로 안일하게 대하는 자세. 부정적인 뜻임에도 불구하고 생뚱맞게 이런 생각이 든다.

'위험하게 살고 싶다.'

20대 때, 안전한 여행을 싫어했다. 뻔한 시나리오로 흘러가지 않은 상황을 즐겼다. 20대 때 호주로 배낭여행을 떠났다. 길을 걷다 '프레이저 아일랜드Fraser Island 무인도 체험'이라는 포스터를 우연히 봤다. 재미있어 보였다. 고민하지 않았다. 포스터 아래에 전화번호가 보였다. 바로 연락했다. 챙겨야 할 준비물이나 일정 따위는 묻지도 않았다. 예약할 수 있는 날짜만 궁금했다. 내일 바로 섬에 들어갈 수 있다고 했다. 하겠다고 했다. 세계에서 가장 큰 모래섬으로 유네스코 세계 유산인 것 외에는 아는 정보는 없었다. 그저 '무인도'라는 단어에 혹해서 바로 하겠다고 했다.

해 보고 좋았으면 잘한 거고, 아니다 싶어도 거기에서 배운 것이 분명히 있을 테니, 새로운 경험을 받아들이는 데 깊이 생각하지 않았다. 어떤 일을 앞두고 득과 실을 따지지 않았다. 우선은 '하고' 봤다. 각국에서 온 배낭여행객들과 조를 편성해서 사륜구동차를 건네받고 3박 4일 동안 최소한의 식자재로 자유롭게 여행하는 상품이었다.

들어가기 전, 안전 교육을 받았다. 캥거루를 잡아먹는 야생 개 '딩고'가 살고 있는데 며칠 전 인명 사고가 크게 났다고 했다. 아이가 물려 사망했다고 했다. 만나면 당황하지 말고 손을 가

습으로 모으고 뒤로 물러서면 된다고 배웠다. 들어가기 직전에서야 그런 자세한 사항을 알았다. 만약 세세하게 알아봤더라면 지레 겁먹고 하지 않았을 수도 있었을 것이다. 뒤늦게 알아서 다행이라고 생각했다.

첫날, 지프차로 거센 파도가 치는 백사장을 팀원들과 소리를 지르며 달렸다. 신호등 없이 달리는 그 짜릿했던 상쾌함을 잊을 수 없다. 이글거리는 태양에 땀이 비 오듯 쏟아지는 날에는 맥켄지 호수Mckenzie Lake에서 풍덩 뛰어들어 수영했다. 매일 그림 같은 풍경을 원 없이 만끽했다.

화장실이 없어 매번 삽으로 땅을 파서 일을 봤다. 식사 때가 되면 팀원들과 저녁에 불을 피워 스테이크를 해 먹었다. 모래알이 오독오독 씹혔다. 먹다 뱉기를 반복했다. 그 모습이 재밌어서 배꼽 잡고 웃었다. 주방 세제가 없어서 바닷물에 휘휘 넣어 식기를 대충 씻었다. 조금 불편했고 몹시 행복했다.

하루는, 친구가 새벽에 볼일이 보고 싶다며 함께 가 달라고 했다. 나는 뭘 해도 되는 사람이었다. 그토록 보기 힘든 야생 개 딩고를 눈앞에서 만났다. 사전 훈련대로 숨을 죽이고 조심스럽게 후진해서 가까스로 목숨을 면했다. 다음 날 아침, 팀원들에게 운 좋게 딩고를 만난 사람은 나밖에 없다며 자랑했다.

매일 예상 밖의 일이 펼쳐졌다. 가져온 여벌 옷이 없어 사흘 내내 민소매 하나로 버텼다. 낮에는 작열하는 햇볕에 살갗이 계속 벗겨져 욱신거렸다. 밤에는 바닷바람에 오들오들 떨어 오한으로 잠을 설쳤다. 다 그러려니 했다. 불편한 공간에서 귀한 인연을 많이 만났다. 한국 팩 소주를 한 모금씩 나눠 마시며 밤하늘을 올려다봤다. 눈이 시렸다. 무작정 오길 참 잘했다며 스스로 칭찬했다.

40이 넘은 지금, 걸을 때마다 땅이 꺼질까 노심초사하며 살고 있다고 해도 과언이 아니다. 혹여 사고가 있을 것 같은 상황은 아예 만들지도 않는다. 놀이공원에서 회전목마만 간신히 탄다. 청룡 열차가 도중에 멈춰 사고가 났다는 이야기를 들은 이후다. 익스트림 스포츠는 아예 처다보지도 않는다. 흥미가 있다가도 다칠까 봐 이내 포기한다. 매일 뉴스에 나오는 사고 소식에 심장이 벌렁거린다.

고속버스 탈 때도 혹시 모를 사고를 대비해 그나마 안전하다고 하는 앞좌석으로 앉는다. 비행기를 탈 때 안전 교육 영상을 눈여겨본다. 그뿐 아니다. 해외여행지를 선정할 때 치안이 불안한 지역은 선택지에서 지운다. 젊었을 때는 바람에 휘날려 갈 뻔한 텐트에서도 대자로 누워 꿀잠을 잤었다.

지금은 시내 호텔에 묵어도 누가 들어올까, 잠금 고리를 두세 번 확인하고 잔다. 날씨가 궂은 날은 혹시 감기 걸려 고생할까 외출을 되도록 삼간다. 꼭 나가야 한다면 내복 몇 겹을 껴입는다. '코로나19'가 터졌을 때, 숨만 쉬며 살았다. 역마살이 있는 내가 굳건히 견뎌 냈다. 나이가 들수록, '지켜야' 할 것이 많아졌기 때문이다.

'만약 아프기라도 하면 내가 해야 할 일들은?'

'만약 사고가 나면 우리 애들은?'

'괜히 시도했다가 골치 아픈 뒤처리는?'

합리적인 걱정이라고 변명했지만 누가 봐도 겁쟁이였다. 도전보다는 '유지'에 더 많은 공을 들였다. 간이 점점 작아졌다. 60대쯤에는 '간'은 장기에서 흔적도 없이 사라질 수도 있겠다는 생각이 든다. 건강검진 초음파에서 "어? 간이 보이지 않네요?" 뭐 이런 싱거운 상상도 해 본다. 다칠까, 몸이 아플까, 일을 망칠까… 안전이 늘 우선순위에 있었다. 새로운 경험을 무턱대고 하지 않는다. 사전에 머리 아플 정도로 정보를 검색한다. 자잘한 걱정으로 시도조차 못 해 본 것들이 많다.

몇 년 전, 크게 마음먹고 동료들과 스키를 타러 갔다. 부상으로 피를 흘리며 실 것에 실려 나가는 사람들을 보고 바로 접었다. 일단 배우면 별거 아니라고, 책임지고 가르쳐 주겠다고 한 동료가 있었지만 정중하게 거절했다.

금융 상품도 금리는 낮지만, 원금이 보장되는 안전한 상품만 골라 가입했다. 피 같은 돈을 잃는다는 것은 절대 있을 수 없는 일이었다. 물론 그 '안전 주의' 덕분에 안온한 삶이 가능했다. 스키를 타다가 다칠 일도 없어서 사지 육신 멀쩡할 수 있었다. 차곡차곡 저축한 덕분에 남들처럼 큰돈은 못 벌었지만, 적당히 벌어 적당히 쓰며 지금까지 무탈하게 잘 살아왔다.

불혹이 넘은 지금, 조금은 '위험하게' 살고 싶다. 그동안 큰 변수가 없는 삶을 살았다. 안전했다. 사고나 실패 위험이 없었다. 안전했기 때문에 굳이 밖의 세상을 궁금해하지도, 배우려 하지도 않았다. 다른 직업군에 있는 사람들과 이야기를 나누다 보면, 영락없이 우물 안 개구리였다. 그들은 급격하게 변하는 세상을 궁금해하며 치열하게 공부하고 있었다.

이 나이가 되도록 걷는 것 말고는 할 수 있는 운동이 없다. 나는 스키를 포기했지만, 그때 넘어져 가며 배웠던 동료들은 지금도 스키광이 되어 겨울이면 스키를 즐겨 탄다. 그들은 평생 즐길 취미가 생겼다. 그토록 원금 보장에만 집착하는 동안, 남들은 위험을 감수하고 투자했다. 물론 개인마다 결과는 다르겠지만, 그들과 나는 숨만 쉬고 평생 번다고 해도 절대 따라잡을 수 없을 정도로 격차가 생겼다.

확실한 '안전'은 확실한 '도태'를 보장해 주었다. 스키 타다가 좀 넘어지면 어때서? 깁스 몇 달 하고 회복했을 것이다. 드디어 '감' 잡았다며 초급에서 중급 레벨로 올라갔을 수 있다. 원금 좀 잃어버리면 어때서? 투자로 성공한 사람들 대부분은 초반에 돈을 잃고 실패를 맛본 사람들이다. 그 경험으로 제대로 재테크를 공부하며 경제에 일찍 눈을 떴을 수도 있다. 최악의 실패는 아무것도 하지 않는 것이었다. 왜 그렇게 지독하게 안전한 길로만 갔을까?

마흔이 넘었다. 하기도 전에 승산이 있을지 없을지 치열하게 고민하기에는 인생이 짧다. '근사한 실수'를 할 기회를 나에게 조금씩 주고 싶다. 실수하며 배우고 다시 도전하면서. 이루지 못할 꿈도 꾸고 싶다. 불편한 삶도 기웃거리며….

'안전불감증' 마흔이 되고 싶다.

제4장. 마흔, 초보가 되어 보기로 했다

쓸데없이 예뻐 보인다

"하나, 둘, 셋…, 넷…."

한숨이 절로 나왔다. 이제는 포기했다. 더는 세지 않는다. 흰머리가 한두 가닥 나기 시작했을 때는 야단법석을 떨었다. 남편에게 뽑아 달라며, 나 이제 할머니 되는 거냐며…. 그때는 애교 수준이었다. 지금 흰머리를 다 뽑았다가는 골룸이 될 판이다. 마지막 자존심은 있어서 새치 염색만큼은 끝까지 미루고 싶다. 누구보다 셀카 찍는 것을 좋아했다. 아래에서 위를 바라보는 각도로 귀엽게, 뾰로통하게, 때로는 기괴하게 수시로 내 얼굴을 담았다. 남들은 재수 없다고 생각하겠지만 나는 내 얼굴 보는 게 좋았다. 작년에 아들이 핸드폰을 바꿨다. 화질이 꽤 선명했다. 가장 먼저 엄마를 찍어 주고 싶다고 했다. 엄마 사진으로 개시하다니 감동적이었나. 잇몸을 최대한 드러내며 웃었다. 아들이 내게 사진을 보여 주었다.

"……."

세월을 정면으로 맞았다. 믿고 싶지 않았다. '누구냐? 넌?' 할 판이었다. 좋은 마음으로 찍어 준 아들은 엄마가 왜 붉으락푸르락하는지 의아해하는 눈치였다. 화질은 폭력적으로 선명했다. 선을 넘었다. 매끈했던 눈 밑은 움푹 꺼져 있고, 얕았던 눈가 주름은 깊게 자리 잡고 있었다. 얼굴 정중앙에는 팔자 주름이 왼쪽 오른쪽 사이좋게 아주 그냥 딱! 자리를 잡고 있었다. 늘어진 모공에 전체적으로 칙칙하고 탄력 없는 피부까지…. 심지어 아침에 있던 베개 자국이 또렷하게 남아 있었다. 팽팽했던 모든 조직이 힘을 잃고 느슨해지는 방향으로 가고 있었다. 이제는 청춘이 아니라고 인정사정없이 일깨워 주는 듯했다.

며칠 전 친구 C를 만났다. C는 20대부터 유독 피부에 시간과 돈을 들였다. 만날 때마다 이름도 생소한 시술을 받았다며 함께하자고 권유했었다. 손사래를 치며 됐다고 했다. C는 자고로 피부는 좋을 때 관리해야 한다며 나중에 후회한다며 잔소리했다. 들은 척도 하지 않은 나를 이해하기 힘들다고 했다. 나 역시 자연스럽게 세월을 받아들이지 못하는 그 친구를 이해할 수 없었다. 마흔이 넘은 지금, 그 친구의 피부는 그간의 노력이 찬란하게 빛을 발하고 있었다. 도자기가 따로 없었다. 매끈하고 탱탱했다. 푸석한 내 피부와 달라도 너무 달랐다. 부러우면 지는 건데, 나는 이미 졌다. 완패다.

그동안, 가족들이 함께 쓰는 보디로션으로 얼굴 기초화장품을 대신해 왔었다. 털털한 성격도 한몫했다. 얼굴부터 발끝까지 그거 하나면 충분했다. 더군다나 온 가족이 쓰니 이보다 요긴할 수 없었다. 자신 있었다. 나이 듦을 편안하게 받아들일 자신이…. 지금은 시간을 어떻게든 되돌리고 싶다. 할 수만 있다면 축 처진 피부를 핀으로 쫙 당기고 싶다.

하루는 컴퓨터 앞에 앉아 '주름 개선'을 검색했다. 피부 노화를 방지하는 기능성 화장품부터 각종 피부과 시술까지. 정보는 차고 넘쳤다. 급한 대로 리뷰가 가장 많은 아이크림을 구매했다. 보톡스도 맞아 볼까? 피부과 홈페이지에 들어가 이벤트를 훑어봤다. 모니터에 얼굴을 파묻고 검색하는 중 엄마에게서 전화가 왔다.

"내일 갑상샘 검사 취소 좀 해라!"

"왜요? 무슨 급한 일이에요?"

"어⋯ 내일 보톡스 좀 맞으러 가려고."

엄마는 한 번씩 계모임을 다녀오면 피부과에 가곤 했다. 며칠 전 친구들을 만나고 왔다. 아니나 다를까 분발해야겠다는 의욕이 가득 찬 목소리다. 예전 같았으면 세월을 받아들이라며 잔소리했다. 이번에는 그냥 하고 싶은 대로 하시라고 했다.

나도 가만히 있을 수는 없었다. 푸석푸석한 얼굴부터 푹 꺼진 눈 밑을 보면, 마음도 땅속으로 꺼지는 듯했다. 쭈글쭈글한 주름처럼 마음도 쪼그라들었다. 뭐라도 해야지 싶었다. 긴 고민 끝에 친구 추천을 받은 성형외과에 전화를 걸었다.

"보⋯ 보톡스⋯ 예약하고 싶어서요!"

목소리가 떨렸다. 초등학교 때 엄마 손에 이끌려 미용실에서 뒷거래로 점을 뺀 거 말고는 합법적인 시술은 처음이었다. 드디어 예약한 날이다. 주차장에 도착했다. 쉽게 발이 떨어지지 않았다. 30분이 흘렀을까. 병원에서 확인 전화가 왔다.

"죄송합니다. 사정이 생겨 취소할게요."

그렇게 전화를 끊고 주차장을 나오며 중얼거렸다.

"아이 몰라. 그냥 나답게 늙자."

그간 열심히 살아온 흔적이다. 인상 찌푸려 가며 집중해서 일하느라고 미간에 주름이 파였고, 아이들이 품에서 방긋방긋 웃을 때 함박웃음 짓느라 팔자 주름이 생겼고, 하루 4~5시간은 쉼 없이 떠들며 수업하느라 입가 주름이 쪼글쪼글해졌다. 누가 뭐래도 내 인생에 최선을 다한 '찐' 얼굴이었다. 내가 인정해 주지 않으면 누가 알아주겠는가? 애쓰며 잘 살아온 '훈장'을 기꺼이 받아들이기로 했다.

한숨 쉬며 거울 쳐다볼 시간에 '몸'을 쓰기로 했다. 무조건 움직였다. 잡념이 파고들 틈을 만들지 않았다. 매일 걸었다. 눈이 와도, 비가 와도. 하루 두 시간은 걸었다. 만 보는 우습게 넘었다. 1년 내내 두 발로 살았다. 덕분에 사계절 풍경을 빠뜨리지 않고 살뜰히 챙길 수 있었다.

연두색 이파리가 가득한 길을, 울창한 숲이 우거진 길을, 형형색색의 낙엽이 수북한 길을 그리고 하얀 눈이 쌓인 길을 걸었다. 돈 벌러 가는 출근길이 아니었다. 매 순간이 경이로운 '여행길'이었다. 공원 벤치에 앉아 따뜻한 보이차 한 잔 호호 불며 마시면 가라앉았던 기분 따위는 잊어버렸다. 우울할 틈이 없었다. 걷는 만큼 몸과 마음이 매일 회춘하는 듯했다.

땀을 쏟는 행위는 정직했다. 집에 오면 샤워하고 일찍 자고 싶은 마음뿐이었다. 온통 관심사는 '걷고', '자는' 일이었다. 아침에는 일찍 나가야 하니 자연스럽게 자는 시간이 당겨졌다. 걷기 하나 했을 뿐인데 루틴이 바뀌었다. 일찍 자고 일찍 일어나는 '새 나라의 마흔'이 됐다. 흰머리나 주름을 신경 쓸 시간이 없었다. 서서히 축 처졌던 몸과 마음에 활기가 돌았다. 주름이야 어쩔 수 없지만, 얼굴의 생기는 내가 봐도 예전과는 확연히 달라 보였다. 가성비 최고의 시술이었다. 몸과 마음이 함께 균형 있게 늙어 가는 것을 지켜봐 줄 여유가 생겼다. 젊어 보이겠다는 목표 말고, 건강한 삶을 누리겠다는 마음으로 운동을 시작했더니 만족스러운 결과가 기다리고 있었다.

쓸데없이 움직였더니 쓸데없이 예뻐졌다.

지랄 총량의 법칙

"일어나! 나 금발로 만들어 줘."

밤 11시, 결심했다. 지금 아니면 못 할 것 같다. 드디어 원하는 스타일을 찾았다. 급하게 남편을 흔들어 깨웠다. 잠이 덜 깨 눈도 제대로 뜨지 못했다. 백발로 염색한 아이돌 사진을 보여 주었다. 남편은 반쯤 뜬 눈으로 게슴츠레 그 사진을 보았다.

"꼭 해야겠어?"

결의에 찬 표정으로 고개를 두 번 끄덕였다. 며칠 전부터 선전 포고(?) 해 왔던 터라 남편은 왜 그토록 진지한지 알고 있었다.

"혹시 선생님이세요?"

눈을 동그랗게 뜨며 어떻게 알았냐고 하면 다들 이렇게 말했다.

"누가 봐도 교사에요."

개성이라고는 찾아볼 수 없는 무채색 옷, 단정하다 못해 답답해 보이는 검은색 단발, 조곤조곤 은근히 가르치려는 재수 없는 말투까지…. 늘 사람들은 귀신같이(?) 알아챘다. 말투는 어쩔 수 없어도 외모라도 좀 노는 언니처럼 바꾸고 싶었다. 1년 육아휴직을 내고 제주도에 살았을 때다. 공무원 품위 유지를 잠깐 내려놓을 수 있는 좋은 기회였다.

하루는 음악 프로그램을 보는데 이거다 싶었다. 아이돌의 백금발 머리가 눈에 확 들어왔다. 하얀 피부에 찰랑찰랑 윤기나는 금발…. 지금 아니면 절대 못 할 스타일이었다. 알아볼 학부모도 학생도 없는 타지에서 꼭 시도해 보고 싶었다. '신분 세탁'의 절호의 기회였다.

다행히 남편은 군소리 없이 알겠다고 했다. 대신 잘할 수 있을지 걱정된다고 했다. 인터넷으로 찾아봤는데 별거 아니라며 꼬드겼다. 사실 나도 잘 모른다. 그들이 말하는 대로 하면 진짜 백발이 될지 아니면 개털이 될지 나라고 알겠는가. 미용실에서 하자니 비용이 만만치 않았다. 수입이 녹록지 않은 육아휴직 때 그럴 배짱은 없었다. 값싼 노동력에 부탁해 보기로 했다. 잘만 가르치면(?) 돈도 굳고, 이번 기회에 남편도 염색하는 방법을 배울 수 있으니 일거양득이다.

설명서대로 남편은 산화제와 탈색 가루를 비율에 맞게 섞었다. 독한 냄새에 코가 후끈했다. 동시에 내 심장도 후끈 달아올랐다. 그는 되직한 염색약을 골고루 꼼꼼하게 발라 주었다. 두피가 이글이글 탔다. 머리 가죽이 홀라당 벗겨질 것 같았다. 신분이 바뀌는 기회인데 이 정도는 참아야지. 눈을 감았다. 눈물이 찔끔 났다. 독한 염색약 냄새에 눈이 시려서 그리고 다시 태어난다고 생각하니 감격적이어서.

1차, 2차, 3차 그리고 4차까지, 새벽 두 시가 돼서야 겨우 끝났다. 거울을 봤다. 원했던 완벽한 백금발은 아니었다. 애매하게 누런 머리털이었다. 푸흡! 웃음이 나왔다. 학교에서 지도했던 삐딱한 반항아 같았다. 분명한 건 누가 봐도 교사가 아니었다. 충분했다. 그걸로 만족했다.

지랄 총량의 법칙이 있다. 살면서 평생 해야 할 '지랄'의 총량이 정해져 있다고 한다. 어떤 사람은 사춘기에, 또 어떤 사람은 뒤늦게 늙어서…. 다행인지 불행인지 나는 그 '지랄'을 떨어 보지 못하고 지금껏 살아왔다. 그저 문제 일으키지 않고 무난하게 살려고 애썼다. 교사가 된 후, 어디서나 말이나 행동에 신경이 쓰였다. 공중목욕탕에서 때를 사정없이 밀고 있는데 학부모를 만났고, 호프집에서 맥주를 추가하는 데 제자를 만났고, 주말에 눈곱만 떼고 음식 쓰레기 버리러 가는 엘리베이터 안에서 졸업생을 만났다. 준비된 상황이 아닌 곳에서 나를 교사로 알고 있는 사람들을 만나면 한없이 불편했다.

직업군에 맞게 최대한 튀지 않기 위해 살려고 노력했다. 어느 순간, 살짝 억울하고 답답했다. 더 늦기 전에 1년만큼은 '지랄'을 하며 살고 싶었다. 인생이 휘청거리는 지랄 말고, 남에게 민폐 끼치지 않고, 법적으로 허용되는…. 금발 염색은 내 인생첫 '지랄'이었다.

이제 금발에 맞는 '애티튜드'를 갖춰야 했다. 바닷가에서 록 콘서트가 한창이었다. 평소 같으면 뒤에서 조용히 보고 있었을 텐데, 그날은 맨 앞자리에서 금발 머리를 어깨에 담이 올 때까지 사정없이 흔들었다. 목이 쉬도록 소리도 질렀다. 후련하고 짜릿했다. 신분 세탁 후의 삶은 꽤 만족스러웠다. 주말에 가족과 함께 코끼리 공연을 보러 갔다. 공연 도중 관광객이 직접 참여하는 코너가 있었다.

"코끼리 발로 마사지 받고 싶은 사람 나오세요!"

손을 번쩍 들었다. 사회자는 바로 나를 지목했다. 눈에 잘 띄는 금발 머리 덕분이었다. 검은 머리였을 때는, 위험천만한 행동이라며 절대 하지 않았을 터이다. 무슨 용기였는지 모르겠다. 해 보고 싶었다. 하고 싶으면 우선 저질러 보는 게 노랑머리의 기본자세 아니겠는가. 나가려고 일어나자, 아들이 내 팔을 붙잡았다. "코끼리 발에 밟혀 엄마 죽으면 어떻게요?"라며 겁에 질려 울었다. 아들 손을 뿌리치고 나가, 그날 생애 가장 아찔한 마사지를 받았다.

한 살이라도 더 먹기 전에 '지랄'을 떤 게 참으로 다행이다. 이제 40대 중반을 향해 간다. 40대에서 할 수 있는 지랄은 뭐가 있을까, 요즘 고민이다. 틈만 나면 '지랄 리스트'에 적고 있다. 쓰면서 상상한다. 피식 웃음이 새어 나온다. 부끄럽지만 그중 하나만 털어놓겠다.

보기와 다르게 나는 춤을 사랑한다. 진심이다. 대학 들어가서 처음으로 클럽이라는 데를 가 봤다. 내 세상이었다. 물 만난 고기가 따로 없었다. 음악에 맞춰 춤을 출 때 음악과 한 몸이 되는 것을 느꼈다. 단 한 스테이지도 쉴 수 없었다. 가는 시간이 미치도록 아까웠다.

춤을 추기 전, 경건한 마음으로 신발을 벗었다. 춤을 출 때 불편한 요소가 없어야 했다. 맨발의 열정으로 문 닫는 시간까지 음악과 혼연일체가 되었다. 할 수만 있다면 나이트클럽 죽순이로 살고 싶었다. 그때 친구들 비유에 따르면 미친 고릴라 같아 보였다나 뭐라나. 얼마나 격하게 췄는지 주변에 부상자가 자꾸 속출했다. 정신없이 흔들어 대는 팔에 옆 사람 코 뼈가 다쳤다. 머리를 뒤로 팅기는 춤사위에 내 머리와 뒷사람 뒤통수가 부딪혔다. 내 춤은 민폐였다. 이후 친구들은 같이 가 주지 않았다. 결혼 후, 남편에게 클럽 좀 같이 가 달라고 졸랐다. 수줍음이 많은 남편은 힘들게 마음먹고 갔다가 고릴라 춤을 본 이후로는…. 여기까지만 이야기하겠다. 춤까지 사랑하기는 버거웠나 보다.

춤을 향한 열정과 갈증은 늘 품고 살았다. 요즘 지랄버릇이 또 도졌다. 늦었지만 다시 춤에 도전하고 싶다. 사람을 다치게 하는 춤 말고 사람을 '홀리게' 하는 춤. 제대로 배워 보고 싶다. 남몰래 댄스 학원을 알아보기도 했다. 틈나면 유튜브로 혼자 아이돌 춤을 따라 해 보기도 한다. 가족들 웃음거리가 되곤 하지만 상관없다. 언젠가는 헐렁한 트레이닝 바지에 쫙 달라붙는 배꼽티를 입고 클럽에 가는 상상을 한다. 꺅! 생각만 해도 어깨가 들썩인다. 은퇴하면 거리 공연도 할 예정이다. 수익금으로 기부도 하면서. 내 춤을 보면서 돌만 던지지 않으면 다행이다. 웃음이 나오고 주책없이 설렌다.

인생 후반전 목표는 '지랄'이다. 이제는 심각하게 살고 싶지 않다. 마음이 이끄는 일에 즐거움을 추구하면서 유쾌하게 그리고 재미있게 살고 싶다. 열심히 살아왔기에 충분히 자격 있다. 철딱서니 없는 어른이 목표다. 남사스럽다고, 남들이 이상하게 본다고 망설이지 않을 것이다. 근엄하게 살기에 인생이 아깝다. 내일 죽을 것처럼 오늘 즐겁게 살 것이다. 이쯤 되면 친정엄마 잔소리가 음성 지원이 된다.

'아주… 지랄…한다.'

큰 욕심 없다

"우엑!"

오메가3가 목에 걸렸다. 용이 목에서 승천하는 줄 알았다. 소리가 얼마나 기괴했는지 남편이 놀라서 뛰어온다.

"괜찮아?"

헛구역질하느라 말할 수도 없다. 어찌나 고약스러운지 눈물을 쏙 뺐다. 찔끔 나온 눈물을 훔치며 충혈된 눈으로 아직 더 먹어야 할 영양제를 바라봤다. 여섯 알이 남았다. 하루에 열 알을 우습게 넘는다. 이것은 이거에 좋고, 저것은 저거에 좋고…. 하나둘씩 늘어났다. 그러다 보니 이 지경(?)이 됐다. 약값도 만만치 않게 나간다. 옷은 안 사도 영양제는 꼬박꼬박 산다. 마흔 이후, 관심 분야를 뇌 그림으로 그려 본다면 단연코 '건강'이 가장 많은 부분을 차지할 것이다.

마흔부터 '한계'를 인정하기 시작했다. 나이는 속일 수 없었다. 건강은 이제 젊음을 밑천으로 마음대로 꺼내서 쓸 수 있는 것이 아니었다. 한정된 에너지를 무리하게 가져다 쓰는 날은 여지없이 체력은 바닥을 드러냈다. 게다가 몸과 마음이 고된 날이 지속되자 몸의 균형이 깨지기 시작했다. 면역력이 약해지면서 자잘한 병치레로 잠을 제대로 못 자는 날이 많았다. 며칠 밤을 새워도 끄떡없던 체력은 다 옛날 얘기였다. 감기 한 번 걸리지 않았던 쌩쌩했던 몸도 몸살 한 번 앓고 나면 며칠을 골골거렸다.

몸이 좋지 않은 날은 집 안 분위기가 적막 그 자체다. 평소 같으면 아이들은 쉴 새 없이 미주알고주알 그날 학교에 있었던 일을 말하느라 정신없다. 그뿐인가. 수다가 끝나면 딸은 뮤지컬 노래를 불러대고, 아들은 그날 감성에 따라 피아노를 연주한다. 잘 시간이라고 열 번은 말해도 자기 싫다며 칭얼대는 녀석들이 아홉 시가 되자 잘 준비했다. 설거지는 물론 빨래도 개어 차곡차곡 옷장에 넣어 놓았다. 아픈 엄마에게 폐 끼치지 않으려고 꽤 노력한다. 그 모습마저도 내 탓인 것만 같이 마음이 무거웠다. 평범한 일상을 지킬 수 있는 유일한 무기는 '건강'이었다.

40대는 어쩌면 건강한 노후를 위한 마지막 기회인 듯했다. 평소 관심도 없었던 건강 서적을 읽고 관련 강의를 들었다. 일상생활에서 쉬운 것부터 실천해 나가기 시작했다. 우선 잘 먹는 게 중요했다. 배달 음식이나 외식보다는 집밥으로 해결하려고 노력했다. 혹여 바깥 음식을 먹을 때는 비빔밥이나 쌈밥 위주로 먹는다. 가급적 채소는 꼭 식단에 넣는다. 먹는 순서도 채소로 우선 배를 채우고 그다음에 다른 반찬이나 밥을 먹는다. 밥도 그냥 밥이 아니다. 유기농 현미에 서리태를 넣어 먹는다. 토마토나 파프리카는 배낭에 늘 넣고 다니면서 간식으로 먹는다. 토끼처럼 풀떼기를 먹고 있으면 남들은 맛있어서 먹는 줄 안다. 비밀인데… 나도 파프리카보다 치킨, 피자가 훨씬 맛있다. 의식적인 노력이다.

식단뿐만이 아니다. 음식으로 채우지 못하는 영양분은 영양제로 보충한다. 심혈관 질환을 예방해야 하니 오메가3, 수면에 좋다는 마그네슘, 피로 해소를 도와주는 비타민B, 면역과 뼈

기능에 좋은 비타민D, 산화스트레스를 방지해 준다는 비타민 C, 장 건강을 챙겨 주는 유산균까지…. 에고, 숨차다. 사실 더 있는데 진짜 이상하게 볼 것 같아 여기까지만 적는다. 혹여 잊어버릴까, 알람까지 맞춰 놓는다. 약통 상자에 넣어서 외출할 때도 잊지 않고 먹는다. 웬만한 거리는 걸어 다닌다. 약속이 있는 날도 한 시간 미만이면 걸어서 간다. 만 보는 거뜬히 넘는다. 특별한 일을 제외하고는 열 시쯤 잠자리에 든다.

마흔 이후, 건강을 위해 부단히도 노력한다. 눈물겹다. 이 정도면 남들이 건강 염려증이라고 볼 만도 하다. 건강에 유독 예민한 이유가 있다. 아빠는 암으로 돌아가셨다. 엄마는 늘 크고 작은 질환으로 지금도 병원 신세를 많이 짓고 있다. 마흔 이후, 아픈 날이 점점 많아졌다. 그래서 건강을 잃으면 전부를 잃는다는 것을 더욱더 잘 알고 있다.

이삼십 대 건강이 최고라고는 했지만, 그것은 진짜 말로만 이었다. 실생활에서는 건강은 우선순위가 아니었다. 아침에는 바쁘다는 핑계로 대충 빵으로 때우고, 저녁에는 약속이 많아 자극적인 바깥 음식으로 배를 채웠다. 일이 많으면 잠을 포기하고 밤을 새웠다. 주말에는 피곤하다며 침대 위에서 종일 뒹굴며 보냈다.

마흔 이후 생긴 건강염려증. 나쁜 것만은 아니었다. 40 넘어서 내가 나를 살뜰하게 보살핀다. 이토록 나를 아껴 본 적이 있었던가. 나에게 좋은 것만 주고, 긍정적인 기운만 전하려고 노력한다. 임신했을 때보다 더했으면 더했지 덜 하지는 않는다. 덕분에 그냥 지나칠 수 있는 작은 몸의 신호를 예리하게 알아챈다. 목이 칼칼하고 몸살 기운이 조금이라도 있으면 절대 무리하지 않는다. 할 일이 있어도 눈 질끈 감고 몸을 우선 챙긴다. 따뜻한 물을 수시로 마시며 비타민C를 다량 복용한다. 그리고 두툼한 수면 양말을 신고 평소보다 일찍 잠자리에 든다.

지금도 건강 상태가 좋고 나쁘고를 반복한다. 건강이 좋으면 곧 나빠질 수 있으니 몸 관리에 주의한다. 몸이 아프면 곧 좋아질 거라며 과하게 걱정하지 않는다. 좋게 생각하기로 했다. 잔병치레가 많은 덕분에 늘 건강에 공을 들인다. 앞으로도 몸 눈치를 보면서 살 예정이다. 꼬박꼬박 채소 도시락을 챙겨 가지고 오는 나에게 동료가 대단하다며 묻는다.

"매일 이렇게 준비하는 거 힘들지 않아요?"

씩 웃으며 말했다.

"오…래 살고 싶어서요."

큰 욕심 없다. 그저 100세에 남편과 함께 텃밭을 일구고, 뒷산 산책할 수 있었으면 좋겠다. 101세에는 아들과 함께 배낭 메고 올레길 여행을 할 수 있으면 더할 나위 없겠다. 아! 그리고 102세에는 딸과 함께 시즌 마감에 맞춰 쇼핑하면 정말이지 신날 것 같다. 103세에는 공항 벤치에서 꿀잠 자는 백발 할머니가 되고 싶다. 무엇보다 110세에는 매일 읽고 쓸 수 있으면 눈물 나게 감사할 것 같다. 더 말하고 싶은데 노욕이라고 수군거릴까 봐 여기까지 쓴다.

다시 말하지만, 진짜 큰 욕심 없다.

살아야 하니까

옴마! 입을 틀어막았다. 내가 못 산다. 또 잘못 눌렀다. 벌써 세 번째다. 이번에는 세트와 단독 메뉴를 헷갈렸다. 아나! 처음부터 다시 해야 한다. 한겨울에 땀이 삐질삐질 나기 시작했다. 뒤통수가 따갑다. 얕은 한숨 소리가 들린다. 심호흡했다. 눈을 부릅뜨고 정신을 부여잡았다. 홈 화면을 누르고 더듬더듬 메뉴를 클릭했다. 이번만큼은 진짜 실수하면 안 된다. 감자튀김 소스는 무슨 소스로 할 것인지, 커피는 ice인지 hot인지, 가져갈 것인지 여기서 먹을 것인지…. 마음의 소리가 들린다.

'염병! 물어보는 것도 많네. 알아서 그냥 주면 되지.'

목덜미가 바싹 당겼다. 힘겹게 주문을 마치고 마지막 카드 결제만 남았다. 안도의 한숨을 쉬며 뚝심 있게 카드를 팍 넣었다. 어라! 작동이 안 된다. 어쩔 줄 몰라 하는데 뒷사람이 알려준다.

"방향이 잘못됐어요."

고등학생으로 보이는 앳된 여학생이었다. 어색하게 웃으며 고맙다고 했다. 그냥 처음부터 물어볼걸. 뒤늦은 후회가 밀려온다.

'아! 쪽팔려!'

다리에 힘이 풀렸다. 입맛도 떨어졌다. 햄버거는 네 맛 내 맛도 아니었다.

5분째 컴퓨터 화면만 쩨려본다. 결재 라인이 뭐가 잘못됐는지 다음으로 넘어가지 않는다. 목덜미를 문지르며 주변을 둘러본다. 다들 분주하다. 바쁜 사람 붙잡고 물어보는 것도 한두 번이지. 이번만큼은 혼자서 해 봐야지. 아니다. 저번에 혼자 하다 자료를 다 날렸는데…. 입술만 잘근잘근 깨문다. 결국 옆 동료에게 도움을 요청한다.

"미안한데, 이것 좀 도와줄 수 있어요?"

그녀는 이것저것 눌러 본다. 이렇게 하면 될 것 같다고 한다. 나에게는 스티브 잡스다. 경이로운 표정으로 어떻게 알았냐고 물었다.

"저도 몰라요. 그냥 이것저것 눌러보면 돼요."

누르는 게 가장 무서운 나에게 다 눌러보면 된다니…. 나는 심각한 기계치다. 지인들 말을 빌리면 시골 할머니 수준이란다. 기계 앞에서는 몸이 얼어붙는다. 뇌도 일시 정지다. 이것저것 눌러 볼 여유가 없다. 핵폭탄 버튼도 아닌데 잘못 눌렀다가는 큰일이라도 날 것만 같아 바들바들 떤다.

어렸을 적 컴퓨터 게임을 거의 해 본 적이 없다. 게임도 나에게는 기능을 익혀야 하는 기계였다. 재미는커녕 스트레스만 왕창 받았다. 집 보일러를 켜는 것도 오로지 남편 담당이다. 아무리 추워도 남편이 올 때까지 기다린다. 대학 시절 남들 삐삐에서 핸드폰으로 바꿀 때, 뒤늦게 삐삐를 샀다. 아날로그 감성이라는 자부심도 있었더랬다. 남들은 카카오 택시 앱으로 택시를 불렀지만, 나는 콜택시를 불렀다. 인터넷으로 가능한 은행 업무도 직접 가서 일을 봤다. 사실 배우지 않아도 그럭저럭 살 만했다. 종종 불편했지만, 위협을 느낄 만한 불편은 아니었다.

2020년 1월, 코로나19가 터졌다. 제일 먼저 한 일은 카카오톡을 설치했다. 아니 설치해야만 했다. 나는 카카오톡 없이 잘 살아왔다. 실시간으로 상대가 문자를 확인했는지 알 수 있는 기능은 나에게 몹쓸 기능이었다. 오프라인 개학이 미뤄지고 수시로 긴급 공지 사항을 카카오톡으로 전달해야 했다. 선택의 문제가 아니었다. 울며 겨자 먹기로 배웠다. 간단한 문자뿐만 아니라 공지, 투표, 오픈 채팅방 등 많은 기능이 있었다.

그뿐인가. 온라인 수업으로 모두 바뀌면서 40년 넘게 살면서 한 번도 꺼내 쓰지 않던 능력을 꺼내 써야만 했다. 공문에 필요한 간단한 한글 문서 편집 능력으로만 근근이 버텨 왔다. 급작스러운 변화는 혹독했다. 봐 주고 기다려 주지 않았다. 매번 물어보고 다시 잊어버리고 물어봐야 했다. 쪽팔림의 연속이었다.

나에게 맞지 않은 세상이 오고 있었다. 위축됐다. 나 빼고 다 잘나 보였다. 부러웠다. 다 똑똑해 보였다.

'아무짝에도 쓸모없는 사람으로 늙어 가면 어떡하지?'

유독 힘든 하루를 보내고 가족과 함께 저녁을 먹었다. 아들은 축구를 좋아하지만 잘하지는 못한다.

"제가 축구를 잘 못하니까 경기에 안 끼워 주더라고요. 그러지 말고 좀 가르쳐 달라고 했어요. 그리고 골키퍼라도 하고 싶다고 말했어요. 그렇게 시작한 골키퍼인데 이제 저 아니면 할 사람이 없어요. 틈틈이 친구들이 기본기를 가르쳐 주니까 실력이 훨씬 좋아졌어요. 도와 달라고 말하길 정말 잘했어요."
아들은 남들에게 도움받는 것에 대해 불편해하지 않았다. 도움을 받을 수 있어서 고마웠고, 아낌없이 그 마음을 표현했다고 했다. 그리고 친구들이 공을 막을 수 있는 법을 물어봤을 때는 적극적으로 가르쳐 주었다며 어깨를 으쓱했다. 아들에게 도움받는 일은 창피해야 할 일이 아니었다.

해가 갈수록 도와 달라는 말이 왜 이리 어려운 줄 모르겠다. 마흔이란 나이에 무능력한 사람으로 보이기 싫은 마음 때문일 것이다.
어렸을 적, 길을 잃어버렸다. 당최 어떻게 가야 하는지 막막했다. 터져 나오려는 눈물을 꾹 참고 고민했다.
'사람들에게 물어볼까?'
도저히 용기가 나지 않았다. 결국 물어보지 못하고 여기저기 엄한 길로 들어가 반나절 고생을 했다. 너덜너덜한 채로 집으로 돌아왔다. 그런 나에게 엄마는 단호하게 말했다.

"모르면 물어봐! 물어보는 건 돈도 안 들어!"

그깟 자존심 때문에 사서 고생하는 게 가장 어리석은 거라며, 필요하면 도와 달라고 손을 내미는 것도 용기라고 했다.

머쓱하다고 물어보지 못하면 나중에는 뒷방 늙은이가 될지도 모른다. 어떻게든 물어가며 쩔쩔매면서라도 배워 보기로 했다. 대신 내가 도울 기회가 있으면 기꺼이 도와주었다.

요즘 묻고 잊어버리기 일쑤다. 미안하다며 한 번만 더 가르쳐 달라며 넉살 좋게 웃는다. '문명'을 익히려 하니 여간 힘든 게 아니다. 더디지만 조금씩 조금씩 알아가는 중이다. 마흔 넘어 인스타와 블로그도 시작했다. 하지 않았을 때는 두려움의 대상이었지만 막상 해 보니 할 만했다. 내 발로 스스로 들어가지 않으면 몰랐을 전혀 다른 세상이었다.

"뭐? 네가 인스타를 한다고?"

다들 못 믿겠다는 표정으로 다시 물어본다. 인스타와 블로그에 매일 일상을 꾸준히 올린다. 얼굴도 모르는 사람들과 소통하며 함께 성장한다. 늦게라도 배우길 잘했다. 시도하지 않았다면 경험하지 못했을 기쁨이다. 남들처럼 다양한 기능은 활용하지 못하지만, 기본은 다룰 줄 안다. 햄버거는 키오스크로,

은행 업무는 인터넷으로, 택시는 앱으로. 물어보며 간신히 터득한 기능이다. 컴퓨터는 지금도 두려움의 대상이다. 무섭다. 떨린다. 핵폭탄 터진다고 하면 이런 기분일까. 답답하다. 그래도 물어보며 배운다.

살아야 하니까!

쓰잘머리 없는

"나 스페인어 배울 거야!"

"왜?"

"이유가 있어야 해? 그냥! 뭐… 발음도 멋있고…."

친구 J는 대뜸 발음이 매력적이라는 단순한 이유로 난데없이 스페인 어학원을 등록했다. 미혼인 J는 전화만 하면 늘 외롭다며 하소연했었다. 그때도 주변에서 마흔이 넘었으니, 짝을 서둘러 찾으라며 성화였다. 그 잔소리에 힘입어 친구는 업무와 전혀 상관없는 스페인어를 발음이 멋지다며 어학원을 다녔다. 직장이 끝나고 저녁에 혹은 주말에 젊은 친구들과 모여 쓸데

없는(?) 공부했다. 그러더니 스페인어를 한마디라도 써먹어야 한다며 혼자서 훌쩍 스페인을 휴가로 다녀왔다.

"우리는 왜 그렇게 남 눈치를 보고 살았을까?"

스페인에서 자유롭게 사는 사람들을 보면서 많은 생각이 들었다고 했다.

1년 후, J는 1년 휴직을 통 크게 냈다. 주변에서 적잖게 놀랐다. 갑자기 무슨 휴직이냐며 묻자, 그 친구가 했던 말이다.

"마흔이 넘었으면 나답게 한 번은 살아봐도 되지 않아?"

더 늦기 전에 남의 시선 내려놓고 스페인에서 자유롭게 살아보겠다는 거였다. 인생 첫 휴직이었다. 부모님 걱정을 뒤로하고 무작정 스페인으로 떠났다. 평일에는 어학원을 다니고, 주말에는 현지 친구들과 여행을 다녔다. 어학원 수강생들은 대부분 전공이나 직장과 관련되어 배워야 할 실용적인 이유가 있는 젊은 사람들이었다. 마흔 넘어 딱히 전공과도 상관없는데 휴직을 내고 합리적인(?) 이유 없이 온 사람은 친구 한 명뿐이었다고 했다.

J는 스페인에 있는 동안 어떻게 하면 자기답게 인생을 살 수 있는지 치열하게 고민했다. 한국으로 돌아온 지금, J는 하고는

싶지만 자신 없다며 포기했던 시험을 도전했고, 당당히 합격했다. 덕분에 지금보다 더 좋은 직장으로 옮기게 됐다. 무엇보다 J 곁에는 스페인에서 만난 스페인 남자친구가 생겼다. 둘은 현재 진지하게 미래를 고려 중이다. 쓸모없는 공부 덕분에 자기 인생에 대해 진지하게 생각해 보는 시간을 갖고, 직장도 더 좋은 곳으로 가게 됐고, 무엇보다 그토록 찾던 짝도 찾았다.

엄마의 말에 따르면 나는 누구보다 '쓰잘머리 없는' 것을 좋아했다. 하나같이 돈 되는 것과는 전혀 거리가 멀었다. 연극 오디션을 도전해서 운 좋게 합격했다. 5분 정도 잠깐 나오는 조연이었지만 6개월 동안 퇴근 후 단원들과 함께 대사를 맞춰 가며 연습했다. 역할에 맞게 직접 옷 가게에서 자비로 의상을 준비했다. 연극 무대를 좀 더 실감 나게 꾸미기 위해 주말에도 나가 직접 소품을 만들었다.

그뿐인가? 평소 산책을 좋아하다 보니 이름 모를 풀꽃과 나무가 궁금해졌다. 바로 숲 해설사 자격증 이수 과정을 신청했다. 4개월 정도의 적지 않은 수업 시수, 30시간의 실습 그리고 필기시험까지 과정이 쉽지 않았다. 저녁마다 꾸벅꾸벅 졸아 가며 수업을 들었다. 수강생 대부분 직장과 관련이 있거나 앞으로 그 분야로 준비 중인 사람들이었다. 당연히 지금 연극배우도 숲 해설사도 되지 않았다. 대신 아이들을 가르치면서 학생들의 다양한 캐릭터를 분석하는 재미가 있다. 산책하면서 나무와 풀꽃들의 이름을 불러 줄 수 있다. 무엇보다 배우면서 내가 즐거웠다. 그걸로 충분했다.

그런데 마흔이 넘어서 또 병이 도졌다. 그놈의 '쓸데없는' 것이 또 하고 싶어졌다. 글이 쓰고 싶었다. 그간 살아온 내 이야기를 담아내고 싶었다. 책을 쓰겠다고 마음을 먹었을 때, 가장 힘든 일은 '글감'을 찾는 일이었다. 그때 주변에서 욕먹어 가며 했던 '쓸모없었던' 것들이 생각났다. 작가인 나에게 기대 이상의 쓸모가 있었다. 하나같이 귀한 글감이었다. 다양한 경험치가 이렇게 고마울 수 없었다. 요즘 집필을 하면서 허리 통증이 더 심해졌다며 앓는 소리를 하고 있으면 엄마는 나를 딱한 눈빛으로 쳐다본다.

"글 쓰면 밥이 나오니? 떡이 나오니?"

도대체 나이 먹어서 돈 안 되는 일로 몸을 혹사한다고 난리다. 맞는 말이다. 떡도 밥도 나오지 않는다. 책으로 돈 벌기? 솔직히 어렵다. 1년 동안 매일 꼬박 두 시간 이상을 투자해서 힘들게 책을 냈다. 수입은 거의 없다. 오히려 글 쓰는 법을 배운다고 쓴 돈이 더 많다. 후회는 없다. 돈이 되지 않는 공부는 돈으로 매길 수 없는 '행복'을 주었다.

이삼십 대는 진로와 직접적인 관련이 없다면 굳이 배우려고 하지 않았다. 왜 그렇게 실용적으로만 살았는지 모르겠다. 대학교에 들어가서 연극 혹은 댄스 동아리에 가입하고 싶었지만, 진로에 도움이 될 것 같지 않았다. 결국 영어교육과와 관련 있는 영어 토론 동아리에 들어갔다. 즐겨야 할 동아리조차 '쓸모'를 생각했다. 굳이 진로에 관련 없는 일에 시간과 에너지를 쓸 이유가 없었다. 20대는 당장 취업을 위해 준비하기 바빴고, 30대는 직장 적응하며 아이들 키우기도 숨이 찰 지경이었다. 그런데 마흔은 달랐다. 조금은 숨을 고를 수 있을 것 같았다. 앞만 보고 달렸을 때와는 달리 약간의 여유가 생겼다. 직장에서도 어느 정도 경력이 생겼고, 아이들도 이제 예전처럼 손이 필요하지 않았다. 마흔은 나에게 집중하고 나를 채워 나갈 적기였다.

마흔이 넘으면 누구나 한 번씩은 이런 고민을 한다.
'나중에 뭐 해 먹고살지?'

앉아서 생각하면 답은 없다. 아니 당연히 알 수가 없다. 내가 뭘 좋아하고 잘하는지는 직접 경험을 자잘하게 해 봐야 알 수 있다. 막연히 글을 쓰고 싶었을 때, 지역 신문에 수필을 기고했던 적이 있다. 작은 도전이었다. 될 거로 생각지도 못했다. 원고료 3만 원도 받았다. 믿기지 않았다. 신문에 실린 내 글을 찍어 동네방네 소문을 냈다. 친정 식구들은 이 씨 가문의 큰 경사라며 가족 밴드에 축하 글이 쇄도했다. 지인들은 글이 짜임새가 있다느니 필력이 있는 것 같다느니 꽤 긍정적인 평을 들려주었다. 그때 처음으로 '직업이 아닌 다른 영역에서도 타인의 인정을 받을 수 있구나'를 깨달았다. 꽤 기분 좋은 일탈이었다. 원고료 3만 원보다 훨씬 소중한 경험이었다.

관심이 있어서 살짝 발이라도 담가 본 결과였다. 지금은 그 물에서 첨벙첨벙 물놀이하며 신나게 살고 있다. 사람 일은 모를 일이다. '써먹을' 목적만 생각했으면 절대 여기까지 오지 못했을 것이다. 시작도 하기 전에 벌써 목이 뻣뻣해지고 힘이 빠진다. 지금 당장은 쓸데없는 공부가 나중에 엉뚱하게 빛을 발할 수 있다. 혹여 그런 보답이 없더라도 뭐 어떠한가. 오늘도 쓸데없이 글을 쓰고, 쓸데없이 행복해할 것이다.

마흔! 쓸데없는 도전으로 나를 채우기에 딱 좋은 나이다.

앞으로 살날이 너무 많다

나 빼고 다 똑똑하다. 다 잘났다. 보기만 해도 싱그러운 젊은 친구들이 똑똑하고 유능하기까지…. 심지어 나보다 성격도 좋은 것 같다. 새로운 일을 맡아도 두려워하지 않는다. 재빠르게 일을 파악하고 의욕 있게 배운다. 게다가 신속하고 정확하게 해낸다. 감탄했다. 그리고 부러웠다. 어리바리한 나와 어쩔 수 없이 비교됐다. 점점 자신감이 없어졌다.

요즘에는 방금 하려고 했던 일이 생각이 나지 않아 곤욕일 때가 많다. 분명 '해야지' 했는데 또 깜박했다. 이제는 내 머리를 믿지 못한 지 꽤 됐다. 이 정도면 머리는 액세서리 급이다. 메모는 생존이 됐다. 일을 이해하려면 젊은 동료들보다 한참 시간이 걸린다. 20대나 30대 때는 나보다 잘난 사람들은 신선한 자극제였다. 오히려 신이 났다. 뭐라도 그들에게 배울 수 있는 계기가 생겼으니. 열심히 하면 그들의 모습과 비슷해질 거라는 자신이 충만했다. 지금은 새롭게 배워야 할 게 있으면 겁부터 난다. '지금, 이 나이에…'라는 생각이 먼저 든다. 그들보다 이미 나는 늦었다는 생각을 지울 수 없었다.

딸과 함께 TV 예능 프로그램을 봤다. 그날은 영화 〈기생충〉 봉준호 감독 통역사로 유명한 샤론 최(최성재)가 출연자로 나왔다. 평소 궁금했던 사람이었다. 나 역시 영어로 밥 먹고 사는 직업이라 그녀가 시상식에서 쓰는 영어 표현을 감탄하며 봐 왔다. 한국에서 공부해서는 저렇게 자연스러운 영어 표현이 나올 수가 없는데. 분명 미국에서 자랐거나, 관련 과는 나왔을 거로 예측했다. 예상은 보기 좋게 빗나갔다. 미국 대학 입학 전까지는 한국에서 초·중·고등학교를 나왔다고 했다. 게다가 영어 관련 학과도 아니었다. 도대체 어떻게 영어 공부를 했는지 궁금했다. 그녀의 대답은 매일 많이 듣고 많이 말해 보는 것이라고 했다.

실소가 나왔다. 정말이지 세상은 나보다 잘난 사람들 천지다. 젊고 예쁘고 똑똑하고 게다가 성실하기까지….

"어휴. 부러워! 엄마도 저렇게 영어 잘하고 싶다."

옆에서 넋두리를 듣고 있던 딸이 의아한 듯 눈을 동그랗게 뜬다.

"공부해요! 앞으로 살날이 너무 많아요!"

할 말이 없었다. 요즘 말로 팩폭이었다. 제 엄마 닮아서 말이 직선이다.

'살날이 많다.'

듣고 보니 맞는 말이다. 지금 43세이니 평균 수명 나이 대략 80세로 계산하면 37년이 남았다. 자칫 몇 년을 더 살 수도 있다. 질병과 상해로부터 안전하다면 대략 40년이 남았다. 40년 씩이나…. 지금 무엇을 시작해도 전혀 이상하지 않을, 창창한 나이였다. 영어 단어 하나씩만 외워도, 영어 문장을 하나씩만 외워도, 영어 신문 기사 하나씩만 읽어도…. 적어도 지금보다는 나아질 거라는 데는 이의가 없었다. 영어뿐만이 아니었다. 매일 책 1장씩만 읽어도, 피아노 30분씩만 연습해도, 필사를 한 단락만 써도, 시간의 양을 생각하면 조급해야 할 필요가 없었다. 시간이 딱 버티고 있는 '청춘'이었다. 늦었다고 조마조마할 필요가 없었다.

요즘 '위축'된다. 우선 근육량이 감소했다. 계단을 조금만 올랐을 뿐인데 숨이 차고, 바지를 입을 때 민망하게 비틀거린다. 유일한 방법은 약간의 근력 운동을 꾸준히 하는 거라고 한다. 나이를 불문하고 근육을 사용하면 근육이 늘어나고, 사용하지 않으면 줄어든다고 한다. 근육뿐만이 아니었다. 노화와 함께 뇌 크기도 작아진다고 한다. 해결 방법은 간단했다. 뇌를 자주 꾸준히 사용하면 노화 속도를 늦출 수 있었다. 앞으로 살날도 많은데 더 늦기 전에 늦추는 방법을 지금부터 총동원해 보기로 했다. 늦었다고 생각될 때마다 주문처럼 중얼거린다.
'살날이 많다! 조금씩! 꾸준히!'

어른이 되면 누군가가 나에게 잔소리해 주지 않는다. 그래서 내가 나를 위해서 꾸준히 잔소리해 주어야 한다. 벼르고만 있는 대신 조그마한 것부터 시작하기로 했다. 우선 욕심을 부리지 않았다. 의욕만으로 시작했다가 중간에 포기했던 뼈아픈 경험이 많기 때문이었다. 아주 잘게 쪼갰다. 목표 단위를 '오늘'로 삼았다. 오늘 영어 대화문 1개 암기, 아침 독서 10분, 글쓰기 30분 이렇게 자잘하게 나눴다. 대신 강제성을 넣었다. 온라인 학습방에 매일 암기한 영어 대화문을 올렸다. 100개가 채워지면 골든벨을 울려 퍼진다. 매일 올리는 사람들과 함께 있으니, 동기 부여 효과가 컸다.

매일 새벽 딸과 함께 책을 읽는다. 자식한테 지기 싫어서 매일 하고 있다. 그리고 글쓰기 공부방 카페에 한 줄이라도 썼으면 올린다. 할 만했다. 물론 사정이 있어 못 한 날도 있지만, 큰일이 없는 한 꾸준히 하고 있다.

엄마는 68세 나이에 성인 문해 학교 초등학교 1학년으로 입학해서 한글을 배웠다. 처음 다니기 전에 이 나이에 배워서 어디다 써먹냐며 손사래를 치며 거절했다. 우여곡절 끝에 입학했고 우등생으로 졸업했다. 지금 73세이다. 그때 배운 한글 덕분에 세상 살기가 수월해졌다며 늦게라도 배우길 잘했다고 한다.

"배우고 나서 뭐가 제일 좋아?"

엄마는 흐뭇한 표정으로 나를 바라보았다.

"참기름 병에 '참기름' 딱 써서 붙일 때 내가 그렇게 자랑스럽더라."

엄마는 누가 도와주지 않아도 이제는 스스로 쓸 수 있다며 자신을 누구보다 자랑스럽게 여겼다. 그뿐 아니다. 이제는 서툴게나마 자식들에게 손 편지도 써서 마음을 전달할 수 있으니, 여한이 없다고 했다. '이 나이'에 배운 것치고는 제대로 써먹고 있다며 흡족해했다.

불혹이 넘은 나이는 무엇을 시작하기에 애매하다고 생각했다. 젊은 세대처럼 의욕이 넘치는 것도 아니고. 나이 든 세대처럼 연륜이 있는 것도 아니고. 중간에 끼어 어정쩡하다고 여겼다. 근육도 뇌도 그리고 나 자신도 점점 작아지는 기분이었다. 〈무한도전〉에서 박명수 명언이 있다.

"늦었다고 생각될 때는 이미 늦은 것이다. 그러니 지금 당장 시작하라."

웃으며 가볍게 넘길 이야기가 아니다. 늦었다고 생각된다면 지금 당장 시작하면 된다. 고민할 필요 없다. '이 나이'에 하지 않으면 50 돼서 40이 가장 배우기 좋은 나이였다고 땅을 치고 후회할 수도 있다. 내 나이, 젊어도 너무 젊다.

살날이 아직 너무 많이 남았다.

예전과 '다르게'

"노안입니다."

남들은 희망찬 포부와 응원과 격려가 오가는 새해, '노안 선고'를 받았다. '며칠 이러다 말겠지' 했다. 언제부터인지 컴퓨터 작업을 하면서 미간을 자주 찌푸렸다. 글자가 뿌옇게 보였다. 불편했다. 두 달째 바쁘다는 핑계로 병원을 미루고 미뤘다. 결국 1월 1일이 됐다.

새해를 기점으로 나이를 떠올렸다. 바로 생각나지 않아 손가락으로 더듬더듬 세어 보았다. 한국 나이로 42세, 만 나이로는 40세. 놀라 자빠질 일이다. 그동안 한 거라고는 허둥지둥 산

것밖에 없는데 무슨 나이를 이렇게도 많이 먹었나 싶다. 주변에서 40이면 그때부터 '지는' 나이라는 이야기를 듣곤 했다. 영화 결말을 알고 싶지 않은데 굳이 알려 주는 스포일러 덕분에 40은 두렵고 외면하고 싶은 나이였다.

마침 휴일에도 진료가 가능한 안과가 있었다. 내키지는 않았지만 더는 미루고 싶지 않아 병원을 방문했다. 나이 지긋해 보이는 원장님은 내 눈을 들여다보았다.

"마흔 넘었죠? 노안이 진행되고 있습니다."

귀를 의심했다. 다시 물었다. 별 대수롭지 않은 일을 유난 떤다는 표정이다. 보통 노안은 40대 초중반에 시작되며, 수정체의 탄력이 떨어져서 초점 조절이 힘들다고 알려 주었다. 청천벽력이었다. 공감과 온정 따위는 없었다. 인정하고 싶지 않았다. 간절한 눈빛으로 진행을 막을 방법을 묻자 그런 것은 없다며, 나중에 정 불편하면 돋보기 쓰라며 아예 대못을 박았다.

새해에 덕담은 못 들을망정 이건 해도 너무 했다. 다시는 이병원 오나 봐라, 하며 입을 삐죽거리며 병원을 나왔다. 유독날이 추웠다. 쌀쌀한 바람에 옷깃을 여미고 터벅터벅 걸었다. 맞은편 안경 가게에 '돋보기 파격 할인'이 눈에 보였다. 고개를 돌렸다. 그때 앞에 머리숱이 없는 중년 여성분이 걸어갔다. 바람이 불었다. 볼륨 파마로 덮어 두었던 두피가 민망할 정도로 휜히 보였다. 남 일이 아니었다.

컴퓨터 화면의 글자가 또 흐릿하다. 마음 둘 곳이 없어 무의식적으로 손으로 머리를 쓸어 넘겼다. 머리카락이 손가락 사이사이에 촘촘히 끼어 있었다. 보여야 할 노트북 글자는 안 보이고, 보고 싶지 않은 머리카락은 허구한 날 보인다. 인생은 참 아이러니다.

그날 저녁, 우연히 홈쇼핑 채널을 봤다. 마침 정수리 부분 가발을 판매 중이었다. 정수리가 휑한 모델이 부분 가발을 시연하고 있었다. 비실비실해 보였던 정수리 머리카락이 마술처럼 풍성하게 살아났다. 경이로운 장면이었다. 예전 같았으면 그냥 돌렸을 채널을 최고의 집중력으로 완주했다.

'잠깐! 샴…푸 했나?'

샤워기를 붙잡고 1분째 고민 중이다. 매일 하는 아침 샤워인데 무슨 일인지 샴푸를 했는지 당최 기억나지 않았다. 젖어 있는 머리를 이리저리 만져 봤다. 더 모르겠다. 나름 논리적으로 접근했다. 샴푸를 했는데 다시 한다 한들 별문제 없겠지만, 하지 않았다면 오늘 머리가 떡 지는 참사를 감내해야 할 것이다.

무엇보다 '샴푸를 하지 않았으니 헷갈리는 거겠지'라고 생각했다. 이러다 출근 시간 늦겠다. 단호한 결정이 필요했다. 샴푸 일정량을 짜서 머리에 묻혔다. 빌었다. 나를…. 이게 뭐라고 떨렸다. 거품이 잘 나지 않는 유기농 샴푸인데 그날따라 거품을 뿜어냈다. 거품 물고 쓰러질 뻔했다. 참담한 심정으로 헹궈냈다. 그날 머리는 개털이 됐다.

개털 머리로 우거지상을 하며 주차장에 나왔다. 차가 보이지 않았다. 또 주차 위치를 헷갈렸나 보다. 차 키를 신경질적으로 누르며 아파트 주차장 한 바퀴를 돌았다. 두 바퀴, 세 바퀴를 돌았다. '삑' 소리는 들리지 않았다. 쥐 잡듯 아파트를 다 뒤졌다. 없었다. 등에 식은땀이 흘러내렸다. 바로 경비실로 달려갔다. 거친 숨을 몰아쉬며 차를 도난당한 것 같다며 CCTV를 볼 수 있는지 여쭈었다. 경비 아저씨는 한 번도 그런 일은 없었다며 고개를 갸우뚱했다.

"혹시 차 다른 곳에 두고 헷갈리는 거 아니에요?"

미쳤다. 그냥 미친 게 아니라 제대로 미쳤다. 어제 퇴근길에 장을 보고 주차를 까맣게 잊고, 집까지 걸어온 게 뒤늦게 생각났다. 심지어 콧노래까지 부르며…. 쥐구멍이라도 있으면 숨고 싶었다. 그날 개털 머리로 지각했다. 정말이지 개 같은 날이었다.

예전 같지 않다. 시력도, 머리숱도, 기억력도…. 그들이 알려 준 '지는 나이 40'이 맞나 보다. 이러다 머지않아 눈도 안 보이고, 밥 먹고 왜 밥 안 주냐며 버럭 화내는 망령살 낀 대머리 할머니가 되어 있지 않을까? 긴 고민 끝에, 치매센터 대표 전화를 찾았다. 기어가는 목소리로 혹시 무료로 치매 검사가 가능하냐고 물었다.

"치매 검사 대상이 누구입니까?"

침을 꼴깍 삼켰다.

"…저요."

동네 언니에게 하소연하듯 마흔을 기점으로 생긴 그간 에피소드를 쏟아냈다. 아쉽게도 내 나이에는 무료로 해 주지 않았다. 정 걱정되면 정신의학과에 검사해 볼 수는 있다고 했다. 긴 한숨을 쉬며 끊으려던 참이었다. 그때 전화기 너머로 안내원의 나지막한 목소리가 들렸다.

"40이면 창창하고 좋은 나이예요."

본인은 50대인데, 지금 나이는 가장 좋을 때라며 신경 쓸 일이 많으면 그럴 수 있다며 너무 걱정하지 말라고 위로해 주었다. 처음이었다. 40에 대해 이렇게 기분 좋게 말해 주는 스포일러는…. 그 말 한마디에 한없이 무거웠던 고민이 무색해졌다.

언제부터인지 '예전 같지 않다'라는 말을 달고 살았다. 스스로 나이를 먹었다는 자조적인 푸념이었다. 그렇게 생각하니 몸과 마음이 더 노화가 가속화되는 듯했다. 줄어들고 없어지는 것에만 집착했다. 40이란 숫자에 지나친 의미 부여로 '마흔 연민'에 빠졌다.

마흔이 별건가? 스마트폰 사용이 많은 환경에서 어린 초등학생들도 두꺼운 안경을 쓴다. 마흔 넘어 살짝 뿌옇게 보이는 것을 가지고 뭘 그리 자기 동정에 빠졌는지 모르겠다. 정 불편하면 돋보기 파격 할인 때 싸게 하나 사면 된다.

출근 시간, 드라이로 머리를 말릴 때마다 시간이 오래 걸려 팔 아프다며 얼마나 구시렁댔는가. 지금은 그냥 탈탈 털고 대충 말려도 된다. 정 흉하면 정수리 가발 도움 좀 받으면 된다. 마음에 든 모델명도 찜해 놨다. 건망증은 어제오늘 일이 아니었다. 예전부터 엄한 곳에 놔두고 잃어버렸다고 난리를 치는 통에 주변인들을 피곤하게 했던 게 한두 번이 아니었다. 덕분에 지금은 메모광이 됐다.

'마혼 연민'에서 벗어나기로 했다. 줄어들고 없어지는 것에만 집착하기에는 너무도 푸릇푸릇한 나이다. 누군가에게는 그토록 부러운 마혼을 보란 듯이 제대로 즐겨 보고 싶어졌다. 예전과 달라진 나를 예전과 '다르게' 받아들이기로 했다. 마혼을 두려워하고 있는 누군가에게 이렇게 말하는 스포일러가 되고 싶다.

"마혼? 살아 보면 진짜 좋은 나이예요."

마흔, 초보가 되어 보기로 했다

운전하다 신호 대기에 걸려 잠시 차를 멈추었다. 앞차 스티커가 눈에 들어왔다. '초보'라는 단어 뜻이 적어져 있는 스티커였다. '초보'. 잊고 살았다. '우리 모두에게는 '처음'이 있었다'라는 것을….

머리 길이가 답답하다. 쇼트커트인 사람들은 이해할 것이다. 조금만 길어도 무진장 거추장스럽다. 그날 길을 걷다 눈에 보이는 미용실에 무작정 들어갔다. 나는 꼭 특정 디자이너가 잘라야 한다는 까탈스러움이 없다. 해외에서도 아무 곳이나 불쑥 들어가 머리를 맡긴다. 누가 해도 그냥 기장만 다듬으면 되니 상관없다는 주의다. 혹여 마음에 들지 않아도 몇 주만 인고하면 된다. 다행히 조금 기다리니 바로 순서가 됐다. 갓 스무살 넘겼을 법한 앳된 여자분이 담당이었다. 살짝 긴장한 눈빛이었다. 사전 조사도 안 하고 들어간 덕분(?)에 아무래도 오늘 그녀의 연습 대상이 된 듯했다. 나도 모르게 마른침을 삼켰다. 이러다 영구 머리 되면 어쩌지? 아무리 털털한 성격이어도 영구 머리는 피하고 싶었다. 나는 나대로, 그녀는 그녀대로 긴장했다.

그녀는 더듬더듬 머리를 부분별로 집게로 구분했다. 그러다 집게가 툭 떨어졌다. 딱 봐도 '초보'였다. 다 서툴러 보였다. 괜히 들어왔나 싶었다. 가위를 잡는 모양도 어째 미덥지 않다. 지금이라도 담당을 바꾸고 싶었지만, 실례가 될까 차마 그럴 수도 없었다. 쥐 뜯어 먹는 것처럼 되는 것은 아닌지…. 고민하는 사이 뒤통수에서 '사각' 소리가 들렸다. 이미 늦었다. 가위질로 머리카락이 잘라 나간 소리였다. 맥박은 빨라지고 동공은 커졌다. 속도는 다른 헤어 디자이너보다 두세 배 느렸다. 나도 모르게 두세 배 말이 많아졌다.

"질감 처리를 최대한 자연스럽게 해 주세요. 너무 숨지 말고,

뒤쪽은 뜨지 않게요. 그리고…."

평소 같았으면 아예 맡기고 눈 감고 있을 텐데, 그럴 여유가 없었다. 그녀는 자칫 불쾌할 수 있는 자잘한 주문을 불편한 기색 한 번 보이지 않고 들어주었다. 대신 차근차근 자신의 속도에 맞게 잘라 주었다. 옆 손님 세 명이 바뀌었다. 좀이 쑤셨다. 눈꺼풀이 주저앉았지만, 눈을 부릅떴다. 참담한 결과를 막기 위한 처절한 몸부림이었다.

한 시간 정도 지났을 때쯤, 드디어 머리가 완성됐다. 그녀도 나도 얕은 한숨을 쉬었다. 그녀는 헤어 에센스를 정성스레 발라 주며 뒷거울로 뒤통수를 보여 주었다. 그런데… 기대 이상이었다. 질감 처리도 자연스러웠고, 너무 숱지도 않았고, 뒤쪽 머리도 뜨지 않게 기가 막히게 잘 정돈되었다. 고급 미용실보다 더 마음에 들었다. 여자 짧은 머리가 웬만한 실력이 아니면 힘들다는 것을 안다. 그녀는 머리가 풍성하게 보일 수 있다며 드라이하는 법까지 세세하게 알려 주었다.

"딱 원했던 스타일이에요! 아주 마음에 들어요!"

그녀는 수줍게 웃었다.

"사실 쇼트커트를 잘하고 싶어서 한 달 전부터 공부했거든요."

좋아하시니 다행이라며 오히려 나에게 감사해했다. 좀 더 느굿하게 기다려 주지 못한 내가 부끄러웠다. 그녀는 오늘 내 칭찬이 큰 힘이 됐다며 연신 고맙다며 인사를 했다.

우리 모두에게 '처음'이 있었다. 처음 교단에 섰을 때, 매일 실수투성이였다. 그거 다 쓰려면 지면이 부족할 지경이다. 시험 문제에서 오류가 생겨 다시 정정하며 진땀을 뺐다. 공개수업 때 말이 꼬이고 버벅대다가 정해진 시간을 넘기기도 했다. 업무에서도 늘 구멍이 있었다. 결재를 올리면 여지없이 어이없는 실수가 무더기로 나왔다. 오타는 귀여운 수준이었다. 엉뚱한 곳으로 기안을 보내는 바람에 여러 사람 고생시키기도 하고, 결재자 한 명이 빠졌거나, 숫자 '0' 하나가 없어서 난처한 적도 많았다.

매일 '성장 노트'를 적었다. 처음에 몰라서 실수할 수는 있지만 번복하고 싶지 않았다. '수업', '학급 관리', '업무' 영역별로 라벨을 붙였다. 실수할 때마다 알아보기 쉽게 나만의 방식으로 요약정리를 했다. 학교 때 시험이 끝나면 으레 했던 '오답 노트'였다. 비록 오늘은 실수했지만, 제대로 익혀서 다음에는 제대로 할 거라는 의지였다. 실수 연속이었지만 오늘보다는 내일 더 '성장'할 거라는 믿음이 있었다. 성장 노트는 나를 꾸준히 크게 해 주었다.

경력을 더해 가면서 실수 빈도는 줄어들었다. '성장 노트'를 점점 쓸 일이 없어졌다. 정확히 말하면, 했던 방식이 편해졌다. 시행착오를 겪어 가며 배우기보다는 해 왔던 대로 식으로 했기 때문에 실수할 일이 그만큼 적어졌다. 익숙함에 '처음'을 잊고 살았다. 초보 때의 서툴고 어리숙함은 줄어들었지만, 열정도 함께 옅어졌다. 동시에 성장도 멈추었다. 더 이상 나는 크지 않았다.

마흔, 자진해서 '초보'가 되기로 했다. 서툴지만 배워 보기로 했다. 사실 지금 내 나이에 내 발로 들어가지 않는 한 초보가 되기 힘들다. 내 경력을 전혀 쳐 주지 않는 공간에 들어갔다. 글 쓰는 삶을 시작했다. 잘하는 모습보다는 부족한 모습을 매일 대면한다. 덕분에 자존감이 바닥을 칠 때도 많다. 기본적인 맞춤법과 띄어쓰기도 몰라 헤매기 일쑤였다. 독자에게 전할 메시지를 하루 종일 고민했지만, 별다른 성과가 없는 날도 많았다.

다시 '성장 노트'를 만들었다. 20년 만이다. 다시 커 보기로 한 결심이. 글을 쓰다가 잘 이해가 가지 않은 부분은 시간이 걸리더라도 찾아본다. 그리고 언제든 알아볼 수 있게 적어 놓는다. 책에서 좋은 문장이 있으면 바로 기록한다. 나중에 인용하면 좋을 것 같아서 시작한 일이다. 글감이 생각나면 바로 인스타그램에 단 몇 줄이라도 올린다. 부족한 글이지만 이렇게라도 기록을 남겨야지 나중에 활용할 수 있기 때문이다.

지금도 형편없는 글을 보며 애꿎은 머리를 쥐어뜯을 때도 많다. 그런데도 그만둘 수가 없다. 아주 조금씩 조금씩 어제 문장보다 오늘 문장이 나아지고 있기 때문이다. 조금씩 크고 있다는 나만 아는 즐거움이다. 그래서 나의 성장을 누구보다 내가 응원하게 된다.

'초보'라는 말이 주는 서툶 그리고 설렘을 죽기 전까지 느끼며 살고 싶다. 오늘 저녁, 자기 전에 거울을 봤다. 볼수록 머리가 마음에 든다. 초보가 초보자에게 전한 응원 같다. 상큼하게 잘린 머리칼을 쓸어 넘기며 혼자 말해 본다.

"안녕하세요! 초보 작가입니다!"

제5장. 문득, 마흔을 사랑하고 싶어졌다

당신이 알아봐 줬으면 좋겠다

첫 책을 출간하기 전, 출판사로부터 저자 소개 글을 보내 달라는 요청을 받았다. 간단하게 적어 주면 된다고 했다. 간단한 일이 아니었다. 막막했다. 지면에 떡하니 나를 '공식적'으로 소개하는 일은 처음이었다. 공간을 채울 만한 그럴싸한 업적(?)이 없었다. 이 나이 되도록 넘도록 해 놓게 없었다. 고작 직장 생활하면서 애 키운 게 다다. 정말 그것만 있을까, 생각했지만 그게 전부였다.

다른 작가의 소개 글을 봤다. 수상 내역이나 화려한 활동이 가득했다. 분명 남부럽지 않게 열심히 그리고 바쁘게 살았는데 인생 성적표는 초라했다. 인정하고 싶지 않았지만 나를 소개할 만한 그 몇 줄 하나 생각나지 않았다. 애먼 노트북 화면만 째려보고 있는데 남편이 다가온다. 괜히 서러워 울먹였다.

"진짜 해 놓은 게 하나도 없어. 내 인생 왜 이렇게 허무해?"

남편은 몇 초간 생각에 잠기는 듯했다.

"음… 직장인 엄마로 완모 36개월! 그거 적어! 아무나 못 하는 일이잖아."

웃음이 툭 터졌다. 놀리는 거냐며 뻘개진 눈으로 쏘아봤다. 남편은 사뭇 진지했다. 직장 다니면서 36개월을 완전 모유 수유로 키워 낸 게 웬만한 정성 아니면 힘든 일이라며, 그게 찐업적이지 다른 게 업적이냐며, 제아무리 잘난 사람도 당신 같은 엄마의 희생이 있었기에 존재하는 거라며…. 아무 말도 하지 않았는데 일장 연설이다. 평소 큰 목소리를 내는 법이 없는 사람이 목에 핏대까지 세우며 흥분한다. 내심 고마웠다. 풀이 잔뜩 죽은 아내 기 살려 주려고 애쓴다. 그런데 들을수록 설득력이 있었다. 주변에 일하는 엄마로 완모 36개월 한 사람은 지금껏 본 적이 없다.

잠깐! 36개월 완모! 사실 쉽지 않았다. 우습더라도 좀 들어 주기를 바란다. 아이를 낳기 전부터 '모자동실'을 신청했다. 분만 직후 산모와 아이가 건강하면 같은 방에 있게 하는 방법이다. 아이에게 꼭 모유를 주고 싶었다. 처음부터 젖을 물려야 모유가 나온다고 배웠다. 지금은 흔하지만, 예전에는 보통 간호사에게 아이를 맡기고 분만 직후 산모는 쉬도록 분리됐다. 아이를 낳자마자 간호사에게 절대 분유 먹이지 말라고 여러 번 부탁했다. 유난 떤다는 표정이었다.

내가 선택한 '유난'은 그야말로 고생길이었다. 처음부터 모유가 콸콸 나올 수가 없었다. 주야장천 물렸다. 모유 한 방울이라도 더 먹여 보려고 안간힘을 썼다. 연년생을 키우면서 4년 동안 두 시간 이상 통잠을 본 적이 없다. 직장을 다니면서 점심시간에 모유를 짜서 보관했다. 시간이 충분하지 않으면 식사를 포기했다. 집 냉장고에 모유 팩을 차곡차곡 넣을 생각을 하면 굶어도 배불렀다. 지금 생각하면 '유난' 맞았다.

아들은 아토피가 있어 오래 모유를 먹이고 싶었다. 모든 밀가루 음식과 가공식품을 끊었다. 곰이 사람이 되기 위해 마늘과 쑥을 먹었듯이, 엄마가 되기 위해 3년 동안 유기농 채식 위주로 먹었다. 그렇게 좋아했던 커피와 맥주는 엄두도 내지 않았다. 그 당시 건강검진 체중은 표준 미달이었다. 먹는 음식이

238
♥

모유로 간다고 생각하면 참을 수 있었다. 모성애가 아니었으면 못 할 짓이다.

외출을 마음 놓고 해 본 적이 없다. 친구와 오래간만에 만났어도 젖을 물려야 하는 시간이면 박차고 일어났다. 3년 동안 치통으로 잇몸이 화끈거려도, 장염 통증에 데굴데굴 굴러도 혹시나 하는 염려 때문에 약을 먹지 않았다. 타지로 연수를 갔을 때, 짜 놨던 모유가 부족할 거란 걱정에, 늦은 밤에 와서 먹이고 다시 간 적도 있다. 고생 끝에 낙이 온다는 말이 나를 두고 한 말인 것 같다. 지금은 내가 얼마나 대우받으며 살고 있는지 자랑하고 싶다.

"야! 너는 남편 복도 있는데 자식 복까지 있니?"
전화가 울린다. 언니다. 전해 줄 게 있어 아까 집에 들렀다고 한다. 몰랐다. 그때 피곤했는지 꼬박 잠이 들었나 보다. 언니는 집에 도착하기 전 전화를 했다. 마침 아들이 받았다. 아들은 엄마 잠 깰 수 있다며 도착하면 초인종 대신 전화를 주라고 부탁했다고 한다. 시킨 대로 전화를 했고 아들이 문을 열어 줬다. 그런데 의아했다. 추운데 문을 닫지 않았다. 딸이 쉿! 하면서 속삭였다고 한다.

"문소리에 엄마 잠이 깰 수 있으니까요."

언니가 기특해하며 사 온 망고를 깎아 주려고 하자, 아이들은 엄마 먼저 드시고 나중에 먹겠다며 괜찮다고 했다. 조카 먹는 모습 보겠다고 사 온 보람도 없이 결국 조용히 까치발로 나왔다면서 그런 효자 효녀가 어디 있냐며 부러워했다. 뒤늦게 그 사실을 알고 아이들에게 왜 엄마를 깨우지 않았느냐고 물었다. 엄마가 피곤해 보였고 푹 쉬게 해 주고 싶었다고 한다.

시간 내서 와준 언니에게 미안했다. 동시에 기분 좋은 건 어쩔 수 없었다. 인정한다. 남편 복, 자식 복 남들보다 과하다 싶을 정도로 많다. 아내 일이라면 24시간 자기 일처럼 마음을 다해 주는 남편에, 엄마 꿀잠에 이토록 진심인 아이들까지… 무얼 바라겠는가.

이 나이 먹도록 남은 건 하나도 없다고 생각했다. '고작' 직장 생활하면서 애들 키운 게 다라고 생각했다. 절대 '고작'이라는 말을 붙일 수가 없을 정도로 매 순간 치열하게 살아왔다. 내가 나를 인정해 주고 치켜세워 주기로 했다. 내 인생의 의미는 내가 부여하면 된다. 누가 뭐래도 아이들에게 사랑 가득했던 엄마였고, 남편에게는 힘들 때나 좋을 때나 함께할 수 있었던 아

내였다. 지금까지 살아 낸 자격을 다른 누구도 아닌 내가 알아
봐 주기로 했다. 완모 36개월! 아무나 하는 거 아니다.

내 인생 멋지다!

브라보! 마흔!

글 쓰면 뭐가 좋아요?

"타닥타닥, 다닥다닥, 딸각."

새벽 6시, 키보드 두드리는 소리에 귀신같이 아들은 일어난다. 이불을 거실로 질질 끌고 나와, 내 무릎에 베개 삼아 눕는다. 이제 메시지만 매끄럽게 정리하면 된다. 키보드 소리가 바빠진다. 아들은 키보드 소리를 자장가 삼아 다시 잠이 든다. 과하게 두드렸나 보다. 아이가 깼다. 이내 눈을 감고 잠에 취한 목소리로 묻는다.

"글 쓰면 뭐가 좋아요?"

순간, 키보드 소리가 멈췄다. 아들은 늘 이런 식이다. 주지 스님처럼 본질을 꿰뚫는 질문을 무심하게 툭 던져 놓는다.

깜빡이도 없이 훅 들어온 질문에 정적이 흘렀다. 대충 말하기 싫었다. 충분히 생각하고 근사하게 답하고 싶었다. '작가' 엄마답게 아들에게 호평받을 만한 말을 준비할 시간이 필요했다. 잠시 뜸을 들였다. 그리고 입을 열었다.

"음… 엄마가 글을 쓰는 이유는….."

얕은 숨결이 들린다. 그새를 못 기다리고 다시 잠이 들었나 보다. 맥 빠진다. 피식 웃음이 나왔다. 별 뜻 없이 물어본 '글 쓰는 이유'를 진지하게 생각해 보았다.

지면을 빌어 글 쓰는 이유를 적어 본다.

"아들! 잘 들어라! 엄마가 왜 글을 쓰냐면… ."

처음에는 '억울해서' 썼다. 아이들을 키우면서 울고 웃었던 날들. 그 순간들을 몇 문장이라도 휘갈겨 남겨 놨더라면…. 아이들이 기저귀를 뗀 직후부터 세계 배낭여행을 꾸준히 다녔다. 그 이야기를 글로 남겨 놨더라면 책이 아이들 키만큼은 거뜬히 나올 정도다.

그뿐인가! 말이 늦어 걱정이었던 아들이 처음 엄마라고 부르던 날, 호기심 많은 딸이 콧구멍에 콩을 집어넣어 응급실로 업고 뛰어갔던 날, 또래보다 왜소한 아들이 키 절반만 한 가방을 메고 초등학교에 입학했던 날, 길치인 나를 위해 남편이 몰래 동네 뒷산에 리본을 달아 산책 코스 만들어 줬던 날, 투병 중인 아빠가 적어 두었던 일기장을 발견했던 날, 엄마가 늦은 나이에 한글 공부를 시작해서 처음으로 손 편지를 써 주었던 날…. 귀한 순간들을 그냥 그렇게 흘려보냈다. 가장 먼저 든 생각은 '억울하다'였다. 다시 쓰려니 기억이 깜박깜박했다. 어제 일도 생각나지 않는데 생각날 리가 없었다. 기억의 한 조각이라도 찾으려고 고군분투했다.

소리 소문 없이 휘발돼 버린 이야기를 늦었지만 뒤늦게 쓰기 시작했다. 단순히 기억을 끌어올리는 작업이 아니었다. 글을 쓰다 보니 가슴속 희로애락이 다 쏟아져 나왔다. 잊고 싶었던 상처를 글로 끄집어냈던 날, 그때 비로소 나를 꼭 안아 줄 수 있었다. 소소하지만 행복했던 추억들을 글로 다시 만났을 때는 그날 하루 내내 웃음이 멈추지 않았다. 동시에 지금 살고 있는 지금, 이 순간이 당연한 일상이 아니라는 것도 깨달았다. 글은 마법 같았다. 쓰는 순간 별거 아닌 일은 '별게' 되고, 별거였던 일은 '별것이 아닌' 게 되었다. 저녁 식사하면서 가족과 함께 나누었던 평범한 일상의 대화는 글로 옮기는 순간 특별한 일이 됐고, 온종일 마음이 깔끄러웠던 일을 글로 적으면 의외로 별것이 아닌 게 되었다. 그냥 스칠 수 있었던 순간은 고귀한 순간이 됐고, 심각한 일이라고 생각했던 일은 그냥 넘어갈 수 있는 일이었다. 글로 나를 만나는 일은 조금 불편했고, 꽤 괜찮았다.

젊어서 술로 풀었던 일을 마흔 넘어서는 글로 풀었다. 엉망진창 글을 엮어 첫 책을 출간했다. 일기장이 세상에 공개된 기분이었다. 며칠은 괜히 책을 냈나 싶을 정도로 후회가 밀려왔다. 며칠 앓아 누웠다. 마음 같아서는 없던 일로 하고 싶었다.

'내 일기장을 누가 돈을 주고 사서 읽을까?'

"돈을 드릴 테니 읽어 주세요"라고 해도 거들떠보지도 않을 것 같았다. 입맛도 없었다. 그런데 믿기지 않은 일이 벌어졌다. 돈을 주고 내 일기장을 사는 사람들이 있었다. 신묘한 경험이었다. 직접 만나 넙죽 절이라도 하고 싶었다. 출간 후 며칠이 지나자, 온라인 서점에 평이 달리기 시작했다.

"마음이 힘들 때마다 읽고 싶은 책입니다."

"읽으면서 울고 웃었습니다. 행복해지고 싶게 만드네요."

"돌아가신 아빠를 추억하게 해 주셔서 감사합니다."

읽고 또 읽었다. 하나도 놓치지 않고 정성 들여 캡처했다. 하루는 오랜만에 지인에게서 전화가 왔다. 그간 안부를 물었다. 최근 가깝게 지내던 주변 사람들의 부고와 투병 소식에 힘든 나날을 보내던 중 당신이 쓴 책을 읽게 됐다고 했다. 자신의 소식을 알고 보내 준 다정한 편지를 읽는 것 같았다며, 버거웠 던 마음이 위안 받았다며 진심으로 고맙다고 했다.

'나'를 위해 썼던 글이었다. 그런데 그 일이 '남'을 위하는 일이 됐다. '나'를 위한 일이 '남'에게 도움을 줄 수 있다니…. 가슴이 울렁거렸다. 바이러스를 치료하는 신약을 개발하고, 민생 경제를 살리는 정치를 하지 않아도 나는 '위대한' 일을 하고 있었다. 나처럼 힘들어하는 누군가에게 글로서 위안을 건네는 일. 글을 쓴다는 것은 나만 좋은 게 아니라 남에게도 좋은 일을 하고 있었다. 이보다 더 가치 있는 일이 있을까? 하지 않을 이유가 없다. 나를 위하고, 남도 도울 수 있는 일이기에 글을 쓴다. 내가 말해 놓고 내가 울컥한다.

"카! 내가 말했는데 기가 막힌다. 어때? 아들! 충분한 답이 됐 니?"

여전히 콜콜 자고 있다. 아들 반응이 눈에 그려진다.

"그냥 물어본 건데 너무 진지한 거 아니에요?"

조금은 조급할 필요가 있다

이번 달만 벌써 네 번째다. 마흔 넘으면서부터는 장례식을 자주 간다. 주말에도 지인 부모님의 별세 소식에 밤늦게 다녀왔다. 월요일 아침, 피곤이 다 가시지 않은 채 출근했다. 책상 위에 한라봉 막걸리가 놓여 있었다. 친정아버지 팔순을 맞아 제주 여행을 다녀온 동료의 선물이었다. 밤마다 부모님과 마셔 보니 괜찮았다며 맛보게 해 주고 싶었다고 한다. 여운이 아직 가시지 않은 듯 한껏 고조된 어조로 여행 이야기를 했다.

"이번에 기둥뿌리 뽑힐 뻔했어. 그래도 하나도 아깝지 않더라."

팔순인 만큼 최고로만 대접해 드렸다며, 편히 쉴 수 있는 5성급 호텔에, 끼니는 텔레비전에 나왔던 유명 통갈치 구이나 랍스터가 나오는 호텔 뷔페로 이번에 무리 좀 했다며 사람 좋게 웃었다. 부모님은 여행 내내 아이처럼 좋아했다며 돈을 제대로 썼다며 흐뭇해했다.

신나게 말하는 도중, 딱 하나 마음에 걸리는 데 있다며 말끝을 흐렸다. 올레 시장에서 길거리 음식을 보고 아빠가 이것저것 사서 맛보고 싶다고 했는데, 생각처럼 맛이 있지도 않고, 배불러서 다 먹지도 못한다며 말렸다며 지금 그게 그렇게 후회가 된다고 했다.

"우리는 다 해 봤잖아. 시큰둥할 수 있는 것도 해 봤으니까."

나만의 확고한 여행 지론은 '가성비'다. 합리적인 비용으로 남들보다 저렴하고 알차게 다녀오면 최고라고 자부했다. 정작 현지인은 먹지도 않은 통갈치나 상다리가 부러지는 회 정찬을 사 먹는 것은 어리석은 일이라고 여겼다. 비행기는 시간대가 조금 불편해도 단 만 원이라도 싼 특가로, 식당은 가격이 부담 없는 허름한 현지인 맛집으로, 숙소는 잠만 쾌적하게 잘 수 있는 저가 호텔로. 늘 가성비가 1순위였다.

몇 년 전, 제주도 1년 살이를 했다. 부모님에게 제주도를 제대로 보여 주겠다며 끈질기게 오라며 설득했다. 늘 돈 걱정에 여행을 주저하는 부모님이 딸 성화에 못 이겨 일주일 시간을 내어 왔다. 그때, 육아휴직 중이라 남편 월급으로 4인 식구가 빠듯하게 살고 있었다.

늘 그렇듯 평소 다녔던 저렴한 곳으로만 갔다. 제대로 된 찬도 없이 찌그러진 양은 냄비에 나오는 멸치 국숫집, 앉을 자리도 없어 바위에 대충 걸터앉아 먹었던 해녀의 집, 자리가 비좁아 급하게 먹고 일어나야 했던 5일 시장 순대 국밥집이 대부분이었다. 심지어 어떤 날은 점심 비용도 아껴 보겠다고 도시락을 싸고, 텀블러에 커피를 담아 다녔다. 오름이나 바닷가에서 먹으면 뷰 맛집이라며 굳이 식당이나 카페 갈 필요가 없다고 동조를 강요했다.

부모님과 함께 온 사람들은 가격이 있는 횟집을 많이 가는 듯했다. 딱 봐도 바가지였다. 땀이 비 오듯 흐르는 후덥지근하던 날, 부모님과 함께 후미진 골목을 한참 걸었다. 부모님 샌들에 진흙을 묻혀 가며 도착한 곳은 현지인이 직접 잡아 거래하는 수산물 시장이었다. 여러 번 흥정으로 회를 샀다. 상차림은 마늘에 초장이 전부였다. 먼지가 수북한 플라스틱 의자를 휴지로 쓱쓱 문질러서 앉았다.

"여기 싸고 신선해. 이게 다 여행 경력 많은 딸 덕분인 줄 알아."

오히려 으쓱거렸다. 부모님은 그런 딸을 대견해하며 단 한 번도 싫은 내색을 보인 적이 없다.

떠나기 전날, 한 번은 제대로 대접하고 싶었다. 가격이 만만치 않은 바다 전망 뷔페를 갔다. 식사 시간이 한참 지나 두 분 모두 허기를 느끼고 있었다. 나는 그 와중에도 단 몇천 원이라도 아껴 보겠다고 할인권을 알아보고 있었다. 복잡한 절차 끝에 들어가는 중, 직원이 인원수가 맞지 않는다며 들어가려는 아빠를 막았다. 당황한 기색으로 나를 쳐다보던 아빠의 눈빛이 아직도 생각난다. 아빠는 할인권을 다시 살 때까지 어정쩡하게 기다려야 했다.

일정이 끝나고, 부모님을 공항에 배웅하고 오는 길, 머릿속으로 그동안의 여행 경비를 계산했다. 당분간 절약하며 생활해야겠다며 생각하며 집에 도착했다. 저녁에 밥을 하려고 하는데, 밥솥 밑에 두툼한 흰 봉투가 보였다. 봉투 앞면에는 익숙한 아빠의 글씨체가 보였다.

"그동안 엄마 아빠 대접하느라 고생 많았어. 이쁜 딸! 고맙고

사랑해!"

여행 경비보다 훨씬 많은 금액이 들어 있었다. 얼굴이 화끈거렸다. 자식은 부모님에게 가성비를 따졌지만, 부모님은 자식에게 오히려 더 주지 못해서 안타까워했다. 그게 아빠와의 마지막 여행이다.

무언가를 선택할 때, 가격이 가장 우선순위였다. 그게 똑똑한 줄 알았다. 부모님이 어떤 취향인지, 어떤 음식을 가장 맛있게 드시는지, 뭘 대접해야 가장 행복할지 고려하지 않았다. 하나는 알고 둘은 몰랐다. 지금도 엄마는 그때 멸치국수 국물이 진해서 기가 막혔다며 친구들에게 자랑한다고 한다. 딸은 부끄러워 고개를 들 수가 없다. 늘 부모님은 딸이 하는 것은 대견해하며 무조건 좋아해 주었다. 부모님이라고 왜 그런 고급스러운 곳을 싫어하겠는가? 자식에게 혹여라도 부담을 주기 싫어 아무 말씀 하지 않았다는 사실을 뒤늦게 알게 됐다.

최근 시아버님이 뇌졸중으로 쓰러졌다. 장남 남편은 병간호를 직장과 병행하며 해야 했다. 고된 하루가 끝나고 남편이 침대에 누우며 중얼거렸다.

"힘들고 지친다."

순간 목이 콱 막혔다.

"그래도 자기는… 아빠가 있잖아."

참았던 눈물이 터졌다. 아파도, 누워 계셔도 볼 수 있는 아빠가 있는 남편이 부러웠다. 샘이 날 정도로.

다시 돌아가고 싶다. 아빠를 모시고 어디든 떠나고 싶다. 산도 좋겠고, 바다도 좋겠고…. 어디든 경치 좋은 곳에 모셔서 제대로 대접하고 싶다. 아빠는 딸이 가자고 하면 어디든 좋다고 하실 게 분명하다. 회도 특대로 시켜 남겨도 좋으니 마음껏 드시라고 하고 싶다. 호텔 귀빈석 뷰가 근사한 자리에 앉아 가격 보지 않고 아빠가 좋아할 만한 음식을 맛보게 해 드리고 싶다. 아빠는 신선한 문어숙회와 낙지탕탕이를 그렇게 맛나게 드셨다. 그런데… 지금은… 그럴 수 없다. '헛돈'이라고 생각했던 돈을 미치도록 쓰고 싶은데 그럴 수 없다. 이제는 그럴 수 없다.

마흔이 되면서 조금 조급해지기로 했다. 지인 부모님들의 병환과 별세 소식이 자주 들린다. 엄마가 곁에 계실 때 할 수 있는 최선을 다하려고 노력한다. 계산을 해 봤다. 마음 같아서는 100세로 생각하고 싶지만, 기운이 있어 모시고 다닐 수 있는 시간은 얼마 남지 않았다. 지금 엄마 나이가 73세다. 80세까지라고 생각하면, 앞으로 남아 있는 시간은 대략 7년이다. 주말마다 한 번씩 찾아뵌다고 하면 1년에 일요일이 48회다. 그러면 48회를 남아 있는 7년을 곱하기하면 336번 남았다. 변수에 따라 줄거나 늘어날 수 있겠지만 결코 많은 시간은 아니다. 영원히 곁에 있을 것만 같았던 엄마를 고작 336번 정도 만날 수 있다고 생각하니 마음이 급해졌다.

요즘은 그 횟수를 최대한 늘려 보는 중이다. 불시에 전화해서 브런치 카페 데이트를 종종 한다. 엄마의 취향이 보였다. 엄마니는 산미가 강하지 않는 고소한 커피를 좋아했다. 미국식 피자보다는 깔끔한 이탈리아식 피자를 잘 드셨다.

며칠 전, 아들 생일을 핑계로 엄마를 초대했다. 고르곤졸라 피자, 연어 초밥, 샤부샤부 등 엄마 취향에 맞게 잔뜩 준비했다. 조급해진 딸 마음을 엄마는 알까? 딸이 함께하자고 하면 늘 엄마는 좋다며 환하게 웃는다.

그러려니 한다

퇴근 후, 녹초가 되어 집에 왔다. 아들이 양말이 부족하다며 사 달라고 한다. 이상하다. 그 많던 양말이 다 어디로 갔을까. 아들 방을 들어갔다. 아니나 다를까 오백 년은 돼 보이는 양말이 여기저기서 나온다. 쉰내가 진동한다. 그뿐인가. 컵 안에 주스가 말라 찐득찐득하다. 하…. 위생에 꽤 허용적이지만 정말이지 이건 아니다. 화를 낼까, 하다가… 그만둔다. 피곤하다. 그냥 쉬고 싶다.

결국 청소 좀 했으면 좋겠다고만 말하고 안방에 들어가 침대에 벌러덩 누웠다. 아들 녀석은 민망했는지 뒤늦게서야 방을 청소하는 눈치였다. 예전 같았으면 분명 화를 냈을 법한 상황인데도 요즘은 그냥 주의만 주고 넘어간다. 화낼 기력이 없다. 의도치 않게 포용력이 좋아진다. 남편은 물론 아이들은 나의 '체력 저하'의 덕을 톡톡히 보고 있다. 호시절을 맞았다. 요즘 가족에게 화를 내는 일이 거의 없다. 무슨 철학이나 내공이 있어서가 아니다. 힘에 부쳐서다. 생명 유지에 필요한 일에만 써도 부족할 판에 그깟 청소가 뭐라고 아까운 에너지를 쏟겠는가.

해남 여행 중 조용한 카페를 찾았다. 글을 집중해서 쓸 수 있는 곳이 필요했다. 걷다 보니 깨끗하고 조용해 보이는 카페가 눈에 들어왔다. 개업한 지 얼마 안 됐나 보다. 마침 손님이 나밖에 없었다. 추천 메뉴인 자몽 에이드를 시켰다. 주문한 음료를 받으러 갔는데 사장님과 직원들은 일제히 일어나 감사하다며 구십 도로 깍듯이 인사했다.

'뭐지? 이 과한 친절은? 무심한 곳이 좋은데….'

자몽 에이드 한 모금 들이켜고 글을 쓰기 시작했다. 10분 정도 흘렀나. 익숙한 발효의 향이 났다. 김치 냄새였다. 옆 테이블에서 직원들이 늦은 점심 중이었다. 순간 자몽 에이드에 김치 냄새가 섞인 것 같았다. 잠깐 불편했지만, 뒤늦게 식사하는 건데 뭐라 말할 수 없었다. 최대한 아무렇지도 않게 할 일을 계속했다.

그때, 문이 요란하게 열렸다.

"아빠!"

아내와 세 명의 딸이 카페 사장님 아빠를 보러 왔나 보다. 집에만 있기 심심하다며 막내딸은 아빠를 꼭 껴안았다. 훈훈했다. 그런데 첫째 딸은 전형적인 사춘기 관상이다. 시종일관 '이래도 말 걸래?'라는 표정이다. 잘은 모르지만, 아빠에게 버릇없는 말을 했나 보다. 귀를 의심했다. 갑자기 육두문자가 들렸다.

"아! 띠바! 좆같네!"

"어? 너 방금 뭐라고 했어? 어?"

따뜻해 보였던 가족의 모습은 온데간데없었다. 손님은 안중에도 없었다. 내가 있건 없건 그들은 듣고만 있어도 살벌한 대화를 거침없이 이어 갔다. 수위 조절상 지면에 다 담지 못한다. 내 평생 그런 후들후들한 욕은 처음 들어봤다. "너 밖으로 좀 나와"라며 더 이상 못 참겠다는 표정으로 아빠는 딸을 데리고 나갔다.

얼얼한 표정으로 다시 글을 쓰는데 문 열리는 소리가 다시 들렸다. 이번에는 친인척이다.

"아따! 시원한 거 좀 타 줘 봐라!"

그들은 동의도 구하지 않은 채 내 자리에 동석했다. 집 천장에 물이 떨어져 누수 업체를 불렀는데 결국 찾지 못해 다시 알아봤다는 둥, 텃밭에 상추 많으니 따가라는 둥…. 알고 싶지 않은 시시콜콜한 이야기를 반강제로 들어야만 했다.

귀가 너덜너덜해질 때쯤 급하게 이어폰을 찾았다. 소음을 차단할 만한 비트 있는 음악을 찾았다. 볼륨을 최대로 올렸다. 수다로 귀가 고통받느니 차라리 음악이 낫겠다 싶었다. 김치 냄새가 섞인 자몽 에이드를 벌컥벌컥 마셨다.

문이 열렸다. 교회 자매님들이었다. 종교도 없는 나는 교회 일정에 대해 들어야 했다. 하, 손님이 보이지도 않나? 무심해도 너무 무심하다. 다시 문이 열렸다. 동네 아저씨가 개를 안고 들어왔다. 갈색 푸들이었다. 분명 애완 카페는 아니었다. 개는 자기 집처럼 미친 듯 돌아다녔다. 종종 우렁차게 짖어댔다. 소리가 어찌나 큰지 자몽 에이드 잔이 흔들렸다. 이어폰도 소용이 없었다.

마침 큰딸은 아빠와의 대화가 잘 풀리지 않았는지 씩씩거리며 들어왔다. "아 띠바! 뭐 어쩌라고?"라며 눈썹까지 내려온 앞머리를 격하게 쓸어 올렸다. 나는 그만… 노트북을 곱게 접었다. 그리고 정중히 인사를 하고 나왔다.

"그러려니 해!"
시시비비를 따지려고 하는 나에게 엄마가 했던 말이다. 불편한 상황도 네가 불편하지 않게 넘기면 그만이라고 했다. 속상한 일이 있으면 분명 좋은 일도 올 거라며 그러려니 하라고 했다. 귓등으로 들었다. 상대가 나를 불편하게 했으면 짚고 넘어가는 편이었다. 부끄러운 고백이지만 상대도 나만큼이나 불편해도 된다고 생각했다. 아들 방이 더러우면 기어이 눈물을 글썽일 때까지 잔소리했었다. 카페에서 제대로 된 서비스를 받지 못했다며 사장님에게 조곤조곤 따졌다.

지금은 아들에게 청소하라는 메시지만 전달하면 그걸로 충분하다. 본인 방이다. 하고 안 하고는 본인 일이라고 넘긴다. 더 이상 말하거나 화내면 아들도 나도 기분이 상할 게 뻔하다. 피곤한데 화까지 내면 침대에서 쉬는 일은 물 건너간다. 분명 아들도 치우고 싶었는데 미루고 미루다가 엄마에게 들켜 민망했을 터이다. 나 또한 청소에 젬병이라 입은 옷을 수북하게 산처럼 쌓아 놓지 않은가. 덕분에 아들은 스스로 청소하고, 나는 침대에서 푹 쉴 수 있었다.

카페 사장님도 손님을 불편하게 한 부분은 유감스럽지만, 의도하지는 않았다. 그러려니, 하며 이해하고 넘어길 부분이다. 결정적으로 그날 여행 기분을 망치면서까지 불만을 이야기하고 싶지 않았다. 한정된 에너지를 분을 삭이면서 소진하고 싶지 않았다. 좋게 생각하면, 그토록 원했던 '무심한' 카페도 경험하고, 덕분에 귀한 글감을 얻어 지금 글 한 꼭지를 쓰고 있다.

가급적 '나에게' 유리하게 해석하며 산다. 남아돌지 않은 체력을 꼭 필요한 곳에만 쓰니 서로가 좋다. 세상 평온하다. 무슨 대단한 내공이 있어서가 아니다. 나이가 준 '느슨함'이다. 혈기 왕성하지 않은 나이가 좋다. 힘 빼면서 사는 게 어렵지 않다. 절대 바뀌지 않을 것 같던 나만의 기준을 내려놓는 일이 시나브로 쉬워졌다. 내가 편하면 장땡이다. 앞으로도 쭉 '그러려니' 하며 살 계획이다.

마흔에 기력 쇠진으로 얻게 된 인생 진리다.

어떻게 사랑이 변하니?

"주말에 등산 갈까?"

"……."

"왜? 일 있어?"

"어… 그날 자전거 일주하려고…."

이번 달만 연속 세 번째다. 주말을 따로 보내는 일정이. 뭐 당연히 그럴 수 있다. 그래도 연달아 세 번은 너무 했다. 서운한 내색을 하자니 자존심 상한다. 주말은 대부분 함께했다. 약속을 대놓고 하지는 않았지만, 암묵적 약속이었다. 미리 찜해 둔 맛집을 가고, 교외로 나가 시간을 같이 보냈다.

언제부터인지 남편은 운동하겠다며 자전거로 출퇴근했다. 슬슬 자전거에 재미를 붙이더니 직접 자전거 지도까지 만들었다. 도장 깨듯 주말마다 코스별 일주를 시작했다. 자전거뿐만이 아니다. 급기야 수영을 등록하더니 매일 수영장에서 살다시피 한다. 운동과 담쌓고 책만 붙들고 살던 사람이라 그 변화가 반가웠다. 자전거 용품도 사 줘 가며 적극 응원했다.

문제는 어느 순간부터 남편은 서서히 혼자 있는 시간이 더 많아진 것이다. 심지어 그 시간을 더 좋아하는 것처럼 보였다. 평일에는 수영, 주말에는 자전거, 심지어 자전거 일주가 끝나면 근육을 풀어 줘야 한다며 수영장을 늦은 시간에도 기어이 갔다. 태릉선수촌도 아닌데 허구한 날 운동이냐며 한번은 볼멘소리 좀 했다. 그 이후, 운동을 하기 전에는 모든 집안일을 다 해 놓고 나간다. 최대한 내 심기를 건드리지 않고 운동하려는 잔꾀가 보였다.

금요일 저녁, 딸이 중간고사가 끝났다며 가족 파티를 하자고 했다. 딸이 좋아하는 허니콤보 치킨을 시키고, 여느 때처럼 아이들과 수다를 떠는데 남편은 연신 하품만 하고 있었다. 종일 격한 운동이 끝나고 얼른 자고 싶은 눈치였다. 눈은 뻘겋게 충혈되어 마른 세수를 거칠게 하고 있었다.

'함께 있는 게 이제는 즐겁지 않은 건가?'

결국 남편은 더는 졸려서 안 되겠다며 아홉 시가 되기도 전에 안방으로 들어갔다. 평소보다 일찍 파티가 끝났다.

물론 피곤하면 먼저 잘 수 있다. 중요한 사실은, 이전에는 상대가 일을 마칠 때까지 기다려 주는 의리가 있었다. 말하지 않아도 당연히(?) 그렇게 해 왔다. 이제는 그런 의리가 귀찮은 건가. 물론 누구보다 가정적이고 나와 아이들 일이라면 발 벗고 나서는 세상 어디에도 없는 좋은 남편이자 아빠다. 그런 사람이 가족과 함께하는 시간에 이제 잠이 온다며 혼자 쌩하니 들어가다니…. 변해도 너무 변했다. 말로만 듣던 권태기가 우리에게 찾아온 건가? 섭섭한 마음이 가시지 않은 채 잠자리에 누웠다. 곁눈질로 슬쩍 보니 아직 잠이 들지 않은 듯했다.

"어떻게 사랑이 변하니?"

성이 나서 나도 모르게 툭 튀어나왔다. 서운한 마음에 눈물이 날 것 같았다. 남편은 지금 잠들었다가는 일이 커질 것 같은 직감이 엄습했는지, 급히 눈을 비비며 나에게 몸을 돌렸다. 왜 그렇게 요즘 운동에 몰두하는지 물었다.

"음… 나이가 드니까 머리 혹사하면서 피곤하게 살기 싫더라고. 체력은 점점 바닥나고…. 그래서 이대로 살면 안 되겠다는 위기감이 들었는데, 그때 마침 자기 보고 자극 많이 받았어. 매일 아침, 책을 읽고, 글을 쓰고, 걸어서 출근하고. 내심 부럽더라. 나도 나를 위해서 꾸준히 무언가는 하고 싶었는데 그때 마침 운동을 시작했거든. 머리가 아니라 몸을 쓰면서 사는 게 참 좋아지더라고."

그렇게 시작한 자전거와 수영인데 하면 할수록 실력이 적금처럼 느는 재미가 있었다고 한다. 덕분에 활력도 생겼고, 집중력도 예전보다 더 좋아진 것 같다며 평생 취미로 삼고 싶다고 했다. 집과 직장밖에 모르고 살았던 사람인데 권태가 찾아왔다고 하니 오히려 반가웠다. 묘한 동질감마저 느껴졌다.

'나만 힘든 게 아니었구나.'

나는 힘들면 징징거리지만, 남편은 힘들어도 좀처럼 내색하지 않는 편이다. 자신의 감정을 다 꺼내 보여 주는 것만으로도 고마웠다. 나 역시 마흔이 지나고 이유 모를 권태를 종종 느꼈다. 어떤 감정인지 길게 말하지 않아도 충분히 이해할 수 있었다. 그때 나는 '걷기'와 '글쓰기'를 만났다. 사람은 누구나 힘들면 어떻게든지 이겨내 보려는 생존 본능이 있는 듯하다.

마흔 이후, 몸이 축축 처지고 괜스레 상념에 젖은 날이 많았다. 마음이 힘들 때는 몸으로라도 이 상황을 빠져나와야 할 것 같았다. 단순하면서 꾸준히 할 수 있는 것을 찾았다. 걷기 시작했다. 그나마 할 수 있고, 좋아하는 운동이었다. 따로 시간을 내지 않았다. 걸어서 출퇴근했다. 왕복 두 시간이 좀 넘었다. 그냥 걸었을 뿐인데 이후 모든 게 달라졌다. 우선 하루의 시작이 달라졌다. 잠을 더 자고 싶어 늘 아슬아슬하게 일어났었지만, 아침도 못 먹고 헐레벌떡 다 말리지 못한 머리를 휘날리며 출근했었지만, 걷기로 시작하니 우선 평소보다 일찍 일어나야 했다. 내일 걸어야 하니 자연스럽게 일찍 잤다. 선순환이었다. 하루의 시작이 달라졌다. 여유 있고 활력이 넘쳤다. 그토록 힘들었던 일찍 자고 일찍 자는 일이 가능해졌다.

조금 앞당겨서 새벽 기상도 가능해졌다. 조용한 새벽에 평소하고 싶었던 글을 쓰기 시작했다. 하는 김에 책도 읽었다. 아침도 여유 있게 먹을 수 있었다. 이어폰으로 음악이나 강의를 들으며 걸었다. 차로 휙휙 지나가느라 제대로 느끼지 못했던 사계절을 온전히 느낄 수 있었다.

매일 걸었다. 하루, 일주일, 한 달, 일 년. 빠르게 걷다 보면 심장이 뛴다. 기분 좋다. 마흔 넘어 심장 뛸 일이 얼마나 있을까? 매일 심장 박동 소리를 들으며 하루를 시작했다. 매일 운동화에 편한 복장으로 다니다 보니 쇼핑할 일도 거의 없어졌다. 삶이 간소해졌다. 이게 다 마흔에 찾아온 '권태' 덕분이다.

그날 남편에게 말했다. 우리에게 찾아온 권태로움을 반겨 주자고. 그리고 일요일 하루는 각자 본인을 위해서 보내자고. 혼자 있는 시간을 충분히 만끽하면 오히려 나중에 함께 있는 시간이 더 값질 거로 생각했다. 예전 같았으면 어떻게 그럴 수 있냐며 어깨를 들썩이며 훌쩍거렸을 수도 있다. 지금은 그 마음을 나도 충분히 공감하기에 상대를 바라봐 줄 수 있는 여유가 생겼다. '나이' 덕분이다.

마흔부터는 취미가 친구가 된다고 하는데 우리는 각자 평생 즐기고 살 취미가 생겼다. 기쁜 일이다. 지금, 이 글도 남편이 자전거 일주가 있는 동안 카페에서 쓰고 있다. 예전에 혼자 글을 쓰러 가면, 함께 시간을 보내지 못해서 괜히 남편에게 미안했다. 지금은 오히려 마음 편하게 집중할 수 있다. 각자가 서로의 시간과 공간에서 성장하고 있다는 것은 함께 있는 것만큼이나 큰 기쁨이었다. 누구보다 우리는 그 시간을 서로 격려해 주고 있었다.

"어떻게 사랑이 변하니?"

사랑은 변한다. 말도 안 되게 깊어진다. 지금 같은 길을 함께 가는 것이 아니라, 다른 길을 함께 가고 있다. 방금 남편에게 전화가 왔다. 자전거 일주 끝내고 집에 오는 길, 내가 좋아하는 팥 찐빵을 샀다고 한다. 오늘 글은 잘 썼는지 묻는다. 오는 길 석양이 기가 막혔다며, 사진을 보여 주겠다며 목소리가 신이 났다. 서둘러 글을 마치고 일어나야겠다. 함께 있는 시간을 찐하게 즐기러!

문득, 마흔을 사랑하고 싶어졌다

최대한 고개를 들어 하늘을 찬찬히 올려다본다. 흩어진 구름 사이로 파란 가을 하늘이 눈에 풍덩 들어온다. 눈이 쪽빛으로 물드는 것 같다. 바람이 불더니 은행잎이 우수수 떨어진다. 가을 향기를 크게 들이마신다. 입가에 미소가 지어진다. 처음이다. 내 인생 이토록 아름다운 가을은…. 이제는 가을을 마음 놓고 사랑할 수 있을 것 같다.

나는 가을 바라기다. 1년 중 '가을'이 가장 좋다. 단연코 높고 파란 가을 하늘이 가장 큰 이유다. 10월 중순이다. 정신 차려 보니 가을이다. 서늘한 바람이 불고 나뭇잎이 떨어진다. 눈코

뜰 새 없이 바쁘게 살다 보니 벌써 가을이 훅 와 버렸다. 속절없이 빨리 돌아오는 가을이 이제는 마냥 반갑지 않다. 마흔이 넘어 맞는 가을은 사뭇 다르다. 마치 젊은 날의 봄과 여름이 지나고 이제는 가을과 겨울만 남았다고 선고(?) 하는 것 같다. 나의 봄과 여름이 어땠는지 회상도 하기 전에 느닷없이 가을이 온 느낌이랄까. 그토록 기다리던 가을은 불청객처럼 불편했다. 가을 하늘을 바라볼 때마다 한 번씩 청승맞은 생각이 들었다.

'가을을 느끼기도 전에 바로 겨울이 오겠지?'

조급한 마음으로 가을을 어정쩡하게 보내고 있었다.

요즘 계속 일이 넘쳐난다. 몇 달 전, 장시간 노트북 업무를 끝내고 일어나려고 했다. 그런데 일어날 수가 없었다. 정지 화면처럼 허리를 펴지 못하고 헉 소리만 났다. 몸이 말을 듣지를 않았다. 누가 허리를 꽉 잡고 놔주지 않은 듯했다. 한참 후에나 허리를 펼 수 있었다. 허리를 삐끗한 것도 아닌데 왜 이러지? 이후 괜찮아지고 아프고를 반복했다. 어느 날 느닷없이 허리 가운데가 뻐근하기 시작했다. 어떤 날은 엉덩이까지 통증이 내려왔다. '며칠 그러다 말겠지' 했다. 바람과는 반대로 좋아지기는커녕 더 심해졌다. 허리가 불편하니 보통 불편한 일이 아니었다. 운동은커녕 앉아 있는 것도 힘들었다. 앉아서 글을 쓰는 일은 물론, 책을 읽는 것도 불가능했다. 삶의 질이 현저하게 떨어졌다. 아무것도 할 수 없었다.

엉거주춤 며칠 버티다 결국 병원에 갔다.

"허리 디스크입니다."

처음으로 내 허리의 마디마디를 들여다보았다. 원장님은 허리 중간 하얗게 볼록 나온 부분을 볼펜으로 가리켰다. 그리고 안경을 치켜올리며 "여기가 디스크입니다"라며 힘주어 말했다. 건강한 허리는 S자 모양으로 굴곡이 있어야 하는데 내 허리는 일자 모양이라고 했다.

'몸이 멀쩡한 곳이 없구나.'

40이 넘으니 여기저기 몸이 힘들다며 자꾸 아우성을 친다. 생각해 보니 노트북 앞에 앉으면 구부정한 자세로 장시간 쉬지 않고 한다. 쉴 틈을 주지 않았다. 하루 이틀 문제가 아니었다. 그간 잘못된 자세가 켜켜이 쌓여 이 지경까지 된 거다. 잠깐이라도 서서 허리라도 펴 줬으면, 1분이라도 스트레칭을 해 줬더라면⋯. 뒤늦은 후회가 밀려왔다. 나를 위해 하루도 빠짐없이 몸 중간에서 지탱해 준 허리다. 얼마나 막무가내로 썼으면 이렇게까지 망가졌을까. 입이 열 개라도 할 말이 없었다. 뒤늦게라도 신호를 보내 준 게 어쩌면 반성하고 교정할 기회를 주는 고마운 일이라며 애써 다독였다.

"당장 허리를 곧게 펴세요. 오늘부터!"
병원에서 할 수 있는 것은 진통 소염제뿐이라며 근본적인 치료는 자세 교정이라고 했다. 자세만 고쳐도 통증이 많이 줄어들 거라고 강조했다. 무엇보다, 서서 허리를 뒤로 젖히는 동작을 최대한 자주 하면 도움이 많이 될 거라고 했다. 튀어나온 디스크 속 수핵을 안쪽으로 넣어 준다고 꼭 하라며 여러 번 강조했다. 숙제를 받은 학생처럼 결연한 의지로 열심히 하겠다며 병원을 나왔다.
약국으로 가는 도중 신호등이 빨간불이었다. 기다리는 동안 등과 허리를 곧게 폈다. 고개를 살짝 들었다. 마치 기업체 회장님처럼 '내가 제일 잘나가' 포스였다. 움츠렸던 어깨가 활짝 펴졌다. 햇빛에 눈이 부셔 눈을 감았다. 크게 5초간 숨을 들이마셨다. 그리고 허리 뒤에 손을 얹고 아주 천천히 뒤로 젖혔다. 눈을 떴다. 가을 하늘이 장활히 펼쳐져 있었다. 멍하니 바라보았다.

청청한 가을 하늘에 구름 한 점 떠 있었다. 자유롭게 유유히 자기 갈 길을 가고 있었다. 천천히 흘러가는 구름을 바라보았다. 5초간 숨을 내쉬었다. 생각보다 길었다. 답답했던 마음이 내쉬는 숨에 흩어지는 듯했다. 처음이었다. 가을 하늘을 그렇게 좋아했어도 이렇게 천천히 들여다본 적은…. 조급한 마음으로 바라봤던 가을 하늘과 달랐다. 봄과 여름에는 나를 챙길 여유가 없었다. 가을이야말로 나를 들여다볼 수 있는 계절이었다. 혼자 중얼거렸다.

"나의 계절을 즐기자. 흘려보내지 말고."

가을이 지나면 겨울에 가을이 좋았다며 그때 왜 좀 더 즐기지 못했느냐는 뒤늦은 후회를 하고 싶지 않다. 적당한 바람과 볕이 가을을 천천히 즐겨도 된다고 달래 주는 듯했다.

이후, 틈만 나면 등과 허리를 쭉 펴고 크게 심호흡한다. 그리고 양손을 허리 뒤에 놓고 허리를 뒤로 젖힌다. 그때마다 눈부신 가을 하늘을 만난다. 오늘만 해도 가을 하늘을 수십 번은 만났다. 하늘이 주는 위안을 매일 수시로 받는다. 허리를 펴고 가을 하늘을 보면 침울해지려고 해도 잘되지 않았다. 가을이 떠날까, 걱정할 시간에 가을 하늘을 한 번 더 눈에 담았다. 그걸로 충분했다. 앞으로 살아갈 날도 조마조마하기보다는 천천히 호흡하며 당당하게 허리 펴고 살아가련다. 43세, 가을 하늘을 원 없이 본다. 처음이다. 내 인생 이토록 아름다운 가을은. 이제는 가을을 마음 놓고 사랑할 수 있을 것 같다.

문득, 마흔을 사랑하고 싶어졌다.

마흔과 도서관

"저 나이에 뭘 저렇게 열심히 할까?"

마흔, 다시 그곳으로 돌아가고 싶었다.

일요일이다. 목이 늘어난 티셔츠를 입고 침대에 드러누워 유튜브 쇼츠를 몇 시간째 보고 있다. 특별한 목적이 있는 것이 아니다. 이제는 재미도 없다. 그냥 멍하니 본다. 한심하다. 해야 할 일은 많은데 또 이러고 있다. 요즈음 매일 이 지경이다. 이렇게 살면 안 될 것 같은데, 이렇게 살고 있다. 이제는 나도 나를 못 믿겠다. 의지박약이다. 한없이 못나 보인다. 한참을 뭉그적거리다 시계를 봤다. 헉! 점심시간이 훌쩍 지났다. 금세 반나절이 날아갔다. 그러고 보니 딸이 올 때가 됐는데….

딸은 중학생이 된 후 부쩍 공부 욕심이 많아졌다. 주말마다 집 근처 도서관에 간다. 점심때가 되면 집으로 밥을 먹으러 온다. 시간이 됐는데 오지 않는다. 괜히 방해할까 전화하려다 말았다. 모처럼 솜씨 좀 발휘해서 양배추 샌드위치를 만들었다. 도시락을 챙겨 도서관으로 향했다. 벚꽃이 눈발처럼 내리고 있었다. 거리에는 봄나들이하는 사람들로 북적북적했다.

책 빌리러 종종 오는 동네 도서관이지만, 열람실은 처음이었다. 시끌벅적한 바깥세상과 동떨어진 것 같았다. 가만히 문을 열었다. 친숙했다. 옅은 갈색 칸막이 책상, 사각사각 연필로 메모하고 책장을 넘기는 소리 그리고 특유의 냄새까지…. 묘하게 마음이 편안해진다. 시간이 흘렀어도 그대로였다.

딸을 찾았다. 하얀색 티셔츠에 질끈 머리를 묶은 뒤통수가 보였다. 딸이 도서관에서 공부하는 모습을 처음 본다. 딸이 가장 잘 보이는 자리에 앉았다. 턱을 괴고 숨이 죽이며 한참을 바라보았다. 고개를 숙이고 책에 무언가를 분주히 적고 있었다. 5분쯤 지났을까? 해야 할 문제집 분량이 끝나면, 바닥에 그 책을 내려놓고 있었다. 바닥에는 딸의 노력이 수북했다. 쉴 법도

한데 다른 문제집을 펼쳤다. '몰입' 중이었다. 봄날의 봄꽃보다 아름다웠다.

비단 딸뿐만이 아니었다. 다양한 연령층이 치열하게 공부하고 있었다. 책을 보고, 인터넷 강의를 듣고, 필기하고…. 시험을 앞둔 중고생, 취업을 준비하는 대학생 그리고 중년으로 보이는 분들까지. 심지어 흰머리가 성깃성깃 난 분들도 꽤 있었다. '저 나이에 뭘 그리 열심히 공부할까?'

의아했다. 다 큰 어른이 공부할 게 있을까 싶다. 평가받을 시험도 없는데…. 부끄러운 고백이지만, 어른이 되면 도서관 열람실은 올 일이 없다고 생각했다. 꿈을 향한 몰입과 열정은 20대까지라고 여겼다. 그들은 제2의 인생 후반전을 위해 누구보다 진지하게 임하고 있었다. 가슴이 팔딱팔딱했다.

20년 전, 나도 누구보다 간절했다.
'이 지긋지긋한 도서관! 내가 다시 오나 봐라!'

재수 끝에 드디어 임용고시에 합격했다. 도서관의 묵은 짐을 뺐다. 빛바랜 분홍색 방석, 이름 모를 협회에서 받은 텀블러, 칠이 벗겨진 독서대, 발가락 자국이 새겨진 삼색 슬리퍼 그리고 닳고 닳은 전공 책까지…. 커다란 상자 3개를 가득 채웠다.

징글징글했다. 도서관 냄새만 맡아도 속이 울렁거렸다. 뿔테 안경에 무릎 나온 회색 추리닝 바지를 입고 거의 매일 갔다. 남들 꽃구경하는 주말에도, 단풍놀이 가는 연휴에도, 예능 프로 보면서 쉬고 싶은 명절에도 도서관에 갔다. 끊임없이 나를 검열해야 하는 과정의 연속이었다. 놀고 싶다고, 자고 싶다고 소홀히 할 수가 없었다.

드디어 시험이 끝나고 작별을 고할 수 있었다. 마치 영화 〈쇼생크 탈출〉이 생각났다. 어두컴컴한 지하 감옥을 벗어나는…. 먼지가 폴폴 날리는 짐을 치우며 다짐했다. 이곳을 내 발로 다시 찾아올 일은 없을 거라고. 나에게 도서관은 애증이 깃든 '청춘'이었다.

공부하다 보면 늘 도서관 마감 시간이었다. 막차를 타기 위해 뛰어갔다. 버스에서 그날 공부했던 내용을 되새기며 하루를 마감했다. 2002년 월드컵 때, 응원과 함성으로 도서관이 출렁거렸을 때도 도서관에 혼자 남았다. 전공 책을 붙들고 텅 빈 도서관을 지켰다. 밥 먹는 시간이 아까워 열람실에서 삼각김밥 2개를 대충 씹어 삼켰다. 경쟁률이 치열해서 힘들 것 같다는 말이 들려왔다. 불안하고 막막했다. 그럴 때는 오히려 도서관에서 살다시피 했다. 걱정하느니 지금 당장 할 수 있는 것에 집중했다. 하루는 늦은 밤, 도서관을 나왔는데 유난히 별이 빛나고 있었다. 밤공기는 차디찼다.

'내가 감탄할 만큼의 노력만! 딱 그만큼만 해 보자. 떨어져도 나한테 떳떳할 수 있을 만큼만.'

딸 도시락을 건네러 간 도서관에서 다시 심장이 뛰었다. 청춘을 후회 없이 온전히 보냈던 곳. 그리웠다. 나를 믿고 몰입했던 그 순간이. 마흔, 두 번째 청춘에 '예'를 다하고 싶었다.

날씨 좋은 토요일 오전이다. 딸은 어김없이 책가방을 싸고 있었다. 나도 노트북과 읽을 책을 부리나케 가방에 넣었다. 같이 나가자며 딸을 붙잡았다. 딸은 놀란 눈으로 나를 바라봤다. 가방 지퍼를 닫으며 씩 웃었다.

"몰랐나 본데, 엄마 도서관에서 왕년에 좀 놀았어. 다시 그렇게 살아 보려고!"

20년 만이다. 다시 올 일은 없을 거라고 다짐했던 곳을 내 발로 찾아갔다. 두 번째 청춘에 미치고 싶어서. 각자 편한 자리에 앉았다. 나는 노트북실에서 글을 쓰고, 딸은 열람실에서 시험공부를 했다. 미루기만 했던 일들을 끝낼 수 있었다. 화장실 가는 것조차 잊었다. 얼마 만의 집중인 줄 모르겠다.

'도서관이 이토록 즐거운 곳이었나?'

벌써 점심시간이다. 지하 매점으로 내려갔다. 컵라면 냄새에 군침이 돌았다. 오랜만에 먹어 보고 싶었다. 컵라면에 뜨거운 물을 붓고 조심조심 밖으로 나왔다. 벚꽃이 수북이 쌓인 벤치에 앉았다. 볕이 따뜻했다. 나무젓가락을 뜯으며 딸이 물었다.

"엄마는 왜 도서관이 좋아요? 저는 지긋지긋한데."

씩 웃었다.

"언젠가는 이해할 수 있는 날이 올 거야."

딸은 젓가락으로 라면을 뜨려다가 말고 고개를 들었다. 이내 갸우뚱하며 다 익지도 않은 컵라면을 먹기 바빴다. 봄바람이 코끝을 간질거렸다.

이 나이에 딸처럼 점수를 잘 받아야 할 중간고사도 없고, 목숨 걸고 합격해야 할 시험도 없다. 마냥 좋을 줄 알았다. 살다 보니 내가 나에게 주는 평가가 더 중요했다. 가장 정확하고 정직했다. 매일 책을 읽고 글을 쓴다. 하루하루를 배움의 시간으로 보내고 있다. 인생의 완성형은 슬프다. 죽을 때까지 '현재 진행형'이었으면 좋겠다.

주말이면 딸과 함께 도서관 가는 재미로 산다. 오늘은 딸도 나도 일어나자고 말하지 않았다. 결국 마감 시간까지 함께했다.
늦은 밤, 도서관을 나왔다. 어두컴컴했다. 밤공기는 꽤 쌀쌀했
지만 상쾌했다. 밤하늘을 올려다보았다. 별이 총총 빛나고 있
었다.
가슴 뻐근하게 내가 자랑스럽다.

퉁치기로 했다

예능 프로그램에 코미디언 정선희가 출연했다. 그녀는 평소 친분이 있는 최화정 화법을 이야기했다. 어떤 아이돌 선수가 최화정에게 고민을 털어놨다고 한다.

"아무런 이유도 없이 사람들이 나를 미워해요. 나를 알려고 하지도 않고."

그때, 최화정이 이렇게 말했다고 한다.

"사람이 아무것도 모르면서 너를 싫어하는 거 정말 짜증 나지? 그런데 생각해 봐! 너를 잘 모르고 좋아하는 것도 있잖아? 그러니까… 퉁쳐!"

'퉁쳐!' 무거울 수 있는 문제를 밝게 해석해 주는 현답에 폭소를 터트렸다. 대체나 맞는 말이다. 은근히 내가 손해 본 것 같아 열을 받다가도 "퉁쳐!"라는 말을 들으면 고개가 끄덕여진다. 격해진 감정이 누그러뜨려지면서 곰곰이 생각해 보면 억울해할 이유도 없다. 인생사 '쌤쌤'이다.

후회 없을 만큼 모든 인내를 쥐어짜서 임용고시를 준비했다. 세상은 냉정했다. 보기 좋게 떨어졌다. '결과는 노력과 비례하지 않구나'라는 생각에 이불 뒤집어쓰고 눈이 팅팅 붓게 울었다. 기간제 교사를 하며 다시 시험을 준비했다. 세상은 '공정'했다. 공부한 머리는 남아 있었다. 궁둥이 붙이고 쏟아부었던 노력은 어디 가지 않았다. 덕분에 개념 정리가 훨씬 쉬웠다. 재수하면서 없던 배짱이 생겼다. 경쟁률 낮은 지역을 지원했던 첫 시험과 달리, 두 번째 시험 때는 근무하고 싶은 지역에 응시했다. 첫해, 떨어진 행운(?) 덕분에 지금은 내가 원하는 지역에서 근무하고 있다. 그러던 중 같은 지역에서 근무하는 남편을 만났다. 만약 첫해에 합격했더라면, 지금의 남편을 만나지 못했을 것이다. 생각만 해도 아찔하다. 그때의 불합격은 지금 좋은 일이 됐다. '퉁치기로' 했다.

담임을 하면서 유독 힘든 반을 만났던 때가 있었다. 사건 사고가 연이어 터졌다. 통제할 수 없는 일들이었다. 그저 매일매일 버티는 게 일이었다. 매일 아침, 출근하는 게 곤욕이었다. 그때 누구보다 나에게 곁을 내어주던 동료를 만났다. 그들은 진심으로 걱정해 주었다. 슬픈 일이 있으면 함께 격려하고, 좋은 일에는 함께 기뻐하며 마음을 나눴다. 일을 하는 공간에서 나는 매일 위안을 받았다. 따뜻했다. 일은 힘들었지만 '사람'은 남았다. 그리고 그 경험은 교사로서도 한층 성숙해질 수 있는 시간이었다. 완전히 나쁜 경험은 없었다. '퉁치기로' 했다.

무슨 자신감이었는지 모르겠다. 건강만은 자신했다. 마흔 전까지는 '젊음' 하나로 다 용서받았다. 일을 하다가 밤을 새워도, 야식을 먹어도 티 나지 않았다. 마흔쯤, 티가 나기 시작했다. 밤을 새우면 다음 날 앓아누웠다. 야식 먹은 다음 날은 속이 부대껴서 종일 불편했다. 건강이 흔들리니 일상이 휘청거렸다. 엄마로서도 교사로서도 어떤 역할도 제대로 해낼 수 없었다. 몸이 아프니 만사가 귀찮았다. 가족들에게도 웃으며 대해 줄 여유가 없었다. 건강에 무심했던 날들이 후회스러웠다.

마흔, 건강을 챙기기 시작했다. 매일 걷고, 깨끗한 식단을 먹고 일찍 자려고 노력한다. 매일 아침, 오늘도 죽지 않고 살아 있다는 것에 늘 감사 기도를 한다. 그리고 내 몸이 오늘을 잘 살아 낼 상태인지 살핀다. 괜찮으면 눈물겹게 감사하고, 괜찮지 않다고 해도 그래도 이만큼이 어디냐며 다독인다. 당연한 것은 없었다. 내가 가진 것들에 감사함도 알게 됐다. 건강을 잃은 덕분이었다. '퉁치기로' 했다.

마흔 넘어 무기력에 허덕였다. 매일 똑같았다. 출근해서 정신 없이 일하고 녹초가 돼서 퇴근하는 일상이 반복됐다. 어느 날, '평생 이렇게 적당히 살다가 죽겠구나'라는 생각이 들었다. 변화하고 싶고 바꾸고 싶었다. 살려고 글을 쓰기 시작했다. 그때부터 글 쓰는 삶을 살게 됐다. 더는 회색빛 일상이 아니었다. 슬픈 날도, 기쁜 날도 보물 같은 순간이었다. 글을 쓰기 시작하고 난 후부터는 함부로 말하기 싫었다. 글로 남기 때문이었다. 나중에 글로 옮길 때를 미리 떠올렸다. '왜 그때 그렇게 말했을까?' 하며 후회하고 싶지 않았다. 가능하면 그 순간을 충만하게 보내고 싶었다. 글쓰기는 나를 성장시키는 최고의 도구였다.

이후 말과 행동을 자각하는 습관이 생겼다. 아이들과 남편에게 말 한마디라도 따뜻하게 하려고 노력했다. 오늘 하루는 힘들지는 않았는지, 혹시 도움이 필요한 일은 뭔지 물었다. 자기 전에는 오늘 하루도 애썼다며 꼭 안아 주었다. 글을 쓰기 전에는 아무 생각 없이 내뱉은 말이 큰 상처가 될 수 있겠다는 생각을 못했다. 글이 주는 자기 성찰은 그 어떤 것보다 강력했다. 생각 없이 살면 그냥 살게 되고, 생각하면 생각대로 산다고, 내가 썼던 글대로 살고 싶었다. 그렇게 살려고 지금도 노력한다. 마흔에 찾아온 무기력 덕분에 글 쓰는 삶을 찾았다. 죽기 전까지 쓰고 싶다. 무기력이 이토록 감사할 수 없다. '퉁치기로' 했다.

좋지 않은 일이 일어나면 이렇게 중얼거린다.

"일어난 일은 언제나 잘된 일이다."

존경하는 법륜스님 말씀이다. 대략 40년을 살면서 내 인생 '빅데이터'가 생겼다. 창문 하나가 닫히면 늘 다른 창문 하나가 열렸다는 거. 인생에 하나가 닫힌다고 해서 모든 게 끝난 게 아니었다. 또 다른 문이 반드시 열렸다. 힘들다고 생각됐던 일들이 지나고 보면 오히려 좋은 기회이기도 했다.

이삼십 대는 좋지 않은 일이 생기면 '왜 나에게 이런 일이 생길까?'라며 부르르 떨었다. 지금은 더 이상 조마조마하지 않는다. 이 일은 분명 나중에 '퉁칠 수' 있는 좋은 일이 될 거로 믿는다. 혹시 이 글을 읽고 있는 누군가 지금 어떤 일로 힘든 시기를 겪고 있다면, 조심스럽게 말해 주고 싶다. 좋은 일이 기다리고 있을 거라고. 분명 그럴 것이다.

그때 웃으며 말하자!

"퉁쳐!"

에필로그

마흔을 온전히 즐기는 중이다

5! 4! 3!

뛰어갈까? 늦을 것 같은데? 일단 뛰었다. 젖 먹던 힘까지 내어 달렸다. 결국 늦었다. 괜히 뛰었다. 가쁜 숨을 헉헉거렸다. 매일 걸어서 출퇴근한다. 덕분에 장소마다 신호등 타이밍을 빠삭하게 꿰고 있다. 이 건널목은 교통량이 많은 사거리다. 2분은 기다려야 한다. 연일 폭염주의보다. 뙤약볕 아래, 미간을 찌푸리며 신호 바뀌기만을 기다리고 있었다. 그때, 교통안전지킴이 역할을 해 주는 어르신이 보였다. 노인 일자리로 어르신들이 봉사도 하고 용돈도 벌 수 있다고 들었다.

빨간 불로 바뀌자, 어르신이 갑자기 교통 깃발을 땅에 내려놓는다. 그러더니 인도 쪽으로 힘차게 걷기 시작한다. 목과 척추를 반듯하게 세우고, 시선은 정면을 보고, 팔은 앞뒤로 자연스럽게 흔든 채 걷는다. 마치 전진하는 군인을 보는 듯하다. 걷는 자세만 봐도 활력이 넘쳤다. 궁금한 마음에 계속 지켜보았다. 50미터 정도를 걷더니, 다시 건널목으로 돌아온다. 그리고 두 손을 두 허리에 얹고 양쪽 발뒤꿈치를 서서히 들어 올린다. 3초 정도 유지하더니 다시 천천히 뒤꿈치를 내린다. 시간을 '만들고' 있었다.

나에게는 신호등만 멍하니 쳐다보는 별 의미 없는 고작 2분이었다. 그분에게 2분은 걷기와 까치발 들기로 전신 유산소와 하체 근력 운동을 할 수 있는 금쪽같은 시간이었다. 2분씩 15회만 해도 30분이다. 나이가 70은 넘어 보였다. 누구보다 자신의 삶을 소중히 여기고 예쁘게 가꾸고 있었다. 알뜰하게 몸도 챙기고, 적은 금액이지만 당신 스스로 용돈도 벌고, 사회에 봉사도 하고 있었다. 신호등만 바라보며 흘려보낼 수 있는 시간을 놓치지 않았다. 2분 루틴이 끝난 후, 내려 두었던 깃발을 들었다. 약속이라도 한 듯 바로 파란불로 바뀌었다.

흘러간 시간에 대한 연민만 가득 찼다. 벌써 40대라며 지나간

청춘에만 목을 맸다. 지금 나에게 주어진 시간, 그리고 앞으로 남아 있는 시간은 보려고 하지 않았다. 나이는 중요하지 않았다. 세네카의 "삶이 짧은 것이 아니라, 우리가 시간을 낭비한다"라는 말처럼, 주어진 지금을 '어떻게' 보내는지가 더 소중했다.

버릇처럼 "예전 같지 않다", "이제는 나이가 있어서" 그리고 "지금은 늦었어"라는 자주 했다. 이 책은 내가 나에게 주는 '약'이었다. '늦지 않았고, 얼마든지 시작할 수 있다고. 불안한 게 당연한 거야'라고 나를 끊임없이 격려해 주는 약이었다. 꼬박꼬박 약을 잊지 않고 먹었다. 마흔의 소소한 희로애락을 글로 담아냈다. 마흔을 맞으면서 이 책을 쓰기 시작했고, 마흔 중반에 책을 완성했다. 긴 시간, 누구보다 '마흔'을 자세히 지켜봐야 했다. 쉽지 않았다.

불안한 마흔, 포기하고 싶은 마흔, 그리고 다시 시작하는 마흔, 가슴 뛰는 마흔까지 모조리 적었다. 여전히 몸은 여기저기 아프고, 마음은 종종 불안하고, 괜히 위축될 때도 많다. 그런데도 달라진 게 있다면 불완전한 마흔을 이제는 받아들이고 힘껏 안아 준다. 이 책을 통해 말해 주고 싶었다. 나와 당신에게.

첫째, 마흔, 일단 시작하자!

요즘 중학생 아들은 자고 나면 키가 커 있다. 볼 때마다 대견하다. 마흔 이후, 나도 매일 조금씩 크는 중이다. 남들 눈에도 보이지는 않지만 내 눈에는 보인다. 나만 아는 '나의 성장'이다. 마흔은 '완성하는' 나이라고 생각했다. 철딱서니 없는 생각이었다. 마흔은 '한창' 나이였다. 한창 흔들리고 아프고 그런데도 무언가를 다시 시작해도 이상하지 않을 나이였다. 매일 책을 읽고 글을 쓰고 걷기 시작했다. 나를 등지지 않았다. 부족한 나와 함께 잘 지내보고 싶다. 앞으로 뭐가 될지는 모르겠다. 그래도 꾸준히 하다 보면 뭐라도 되겠지 싶다. 시작했기에 가능한 마음가짐이다. 당신이 원하는 일이 있다면 당장 다가가길 바란다.

둘째, 마흔, 나와 제대로 친해지자!

최근 치앙마이를 다녀왔다. 우연히 다양한 나라 출신의 여행객들과 스윙 댄스를 배울 기회가 있었다. 처음에는 살짝 어색했지만, 음악에 맞춰 기본 스텝을 배우고 몸을 둥실둥실 움직였다. 몸만 살짝 움직였을 뿐인데 심장이 간지러웠다. 3시간이 후딱 지나갔다. 그날 땀이 흠뻑 젖도록 춤을 췄다. 마지막으로 춤을 춘 게 언제였지? 춤을 잊고 살았다.

마흔에는 내가 원하는 것, 좋아하는 것, 경험하고 싶은 것을 알아 가는 중이다. 덕분에 나와 제대로 친해지고 있다. 춤을 정말 사랑한다. 요즘 방에서 댄스 음악을 크게 틀어 놓고 눈을 감은 채 춤을 춘다. 우울한 기분이 들어올 틈이 없다. 아들이 힐끔 보다가 못 볼 거 본 것처럼 한숨을 쉰다. 알 바 아니다. 즐겁고 행복하게 사는 기술 하나를 더 터득했다. 인생을 '숙제'가 아닌 '축제'처럼 살기로 했다. 누구보다 나의 마흔을 신명 나게 즐기고 있다.

셋째, 마흔, 지금의 여정을 즐기자!

싸이의 〈어땠을까〉를 듣고 있었다. 놓친 사랑에 대해 후회하는 가사였다. 옆에 함께 듣던 딸이 고개를 저으며 한마디 한다. "쯧쯧! 세상 지질한 남자 노래네요. 있을 때 최선을 다해야지." 43세가 되니 억울했다. 40세도 충분히 어린 나이였는데 뭘 그리 늙었다며 투덜댔는지. 3년이란 시간을 더 후회 없이 보낼 수 있었을 텐데, 나이라는 틀에 갇혀 마음만큼 못했던 것이 안타깝다.

우리는 지금 가장 젊은 나의 청춘에게 최선을 다하고 있을까?

늘 지나고 나서야 "그때 그랬더라면 얼마나 좋았을까"라며 뒤늦은 후회를 한다. 지금은 알고 있다. 지금이 '그때'라는 것을. 주저하지 말고 마흔의 여정을 즐기자.

오늘도 뛰었다. 신호등을 아깝게 놓쳤다. 괜찮다. 괜히 뛰었다며 투덜거리지도 않는다. 2분 후면 건널 수 있다. 남들보다 조금 늦은들 상관없다. 나에게 주어진 시간과 공간에서 후회 없이 잘 즐기면 된다. 허리도 젖히고 하늘도 본다. 음악도 들으며 흥얼거리기도 한다. 남들보다 늦었다고 더 이상 조급해하지 않는다. 마흔을 온전히 즐기는 중이다.

작가 아내를 둔 덕분에 엉망진창 초고를 읽고 기분 상하지 않게 피드백 주느라 늘 진땀 빼는 나의 운동장, 엄마처럼 작가가 되고 싶다며 글을 쓰기 시작해서 드디어 청소년 소설책을 출간한 유망 작가 1호 김현서, 주말에 빈둥거리고 있으면 도대체 집필은 언제 할 거냐며 폭풍 잔소리를 해 주던 엄마 조련사 2호 김민준, 글 쓰면서 몸 상하면 어쩌냐며 자나 깨나 딸 걱정인 홍 여사님, 늘 하늘에서 조용한 응원을 보내 주는 아빠, 부족한 며느리를 늘 사랑으로 감싸주는 시부모님 그리고 불편했던 마흔을 마주해서 꾸역꾸역 써 줬던 나에게 고맙다는 말을 전한다.

마지막으로 서툰 마흔이 쓴 글에 함께해 준 독자분들에게 진심으로 감사드린다.